Homero

Ilíada

Tradução e adaptação em português de
José Angeli

Ilustrações de
Ivan Zigg

editora scipione

Gerente editorial
Sâmia Rios

Assistente editorial
José Paulo Brait

Revisoras
Claudia Virgilio,
Viviane Teixeira Mendes
e Nair Hitomi Kayo

Coordenadora de arte
Maria do Céu Pires Passuello

Programação visual de capa e miolo
Didier D. C. Dias de Moraes

Diagramador
Jean Claudio Aranha

Traduzido e adaptado do inglês:
- *Iliad*. Indianapolis: Hackett, 1997.
- *The Iliad*. Ware, Hertfordshire: Wordsworth Classics, 1995.

editora scipione

Av. Otaviano Alves de Lima, 4 400
Freguesia do Ó
CEP 02909-900 – São Paulo – SP

ATENDIMENTO AO CLIENTE
Tel.: 4003-3061

www.scipione.com.br
e-mail: atendimento@scipione.com.br

2024
ISBN 978-85-262-4585-3 – AL
ISBN 978-85-262-4586-0 – PR

Cód. do livro CL: 734096

1.ª EDIÇÃO
26.ª impressão

Impressão e acabamento
Log&Print Gráfica, Dados Variáveis e Logística S.A.

Dados Internacionais de Catalogação na Publicação (CIP)
(Câmara Brasileira do Livro, SP, Brasil)

Angeli, José

    Ilíada / Homero; tradução e adaptação em português de José Angeli; ilustrações de Ivan Zigg. – São Paulo: Scipione, 2002. (Série Reencontro literatura)

    1. Literatura infantojuvenil 2. Mitologia grega (Literatura infantojuvenil) I. Homero. II. Zigg, Ivan. III. Título. IV. Série.

02-4504   CDD-028.5

Índices para catálogo sistemático:
1. Ilíada: Mitologia grega: Literatura juvenil   028.5
2. Ilíada: Mitologia grega: Literatura infantojuvenil   028.5

• ● •

    Ao comprar um livro, você remunera e reconhece o trabalho do autor e de muitos outros profissionais envolvidos na produção e comercialização das obras: editores, revisores, diagramadores, ilustradores, gráficos, divulgadores, distribuidores, livreiros, entre outros.
    Ajude-nos a combater a cópia ilegal! Ela gera desemprego, prejudica a difusão da cultura e encarece os livros que você compra.

• ● •

SUMÁRIO

Quem foi Homero? 5
A guerra de Troia e sua causa 7
A disputa entre Aquiles e Agamenon 10
Um sonho enganador 16
Novos combates com a interferência dos deuses ... 20
Heitor e Andrômaca 22
O duelo entre Heitor e Ajax 26
O mau humor de Zeus 29
Aquiles recebe um embaixador 33
A resposta de Aquiles 37
Os espiões se movimentam 39
Mais uma batalha 42
Prossegue a batalha junto das muralhas gregas 45
Os navios gregos 47
A cilada contra Zeus 49
A ira de Zeus 54
Aquiles permite que Pátroclo combata 57
A morte de Pátroclo 61
A disputa pelo corpo de Pátroclo 64
O desespero de Aquiles 66
As novas armas de Aquiles 68
A reconciliação entre Aquiles e Agamenon 70
Eneias enfrenta Aquiles 73
A batalha junto do rio Xanto 77
Os deuses combatem mais uma vez 80
A morte de Heitor 83
Troia, uma cidade desesperada 86
O resgate 88
A morte de Aquiles 91
O cavalo de Troia 93
Quem é José Angeli? 96

QUEM FOI HOMERO?

Os estudiosos fazem essa pergunta há séculos, mas nunca encontraram nenhuma resposta precisa, apenas hipóteses contraditórias. Os mais radicais chegam mesmo a duvidar da existência de Homero. De acordo com as poucas e nebulosas informações conhecidas, o poeta teria nascido na Grécia, provavelmente no século IX a.c., durante um período de pobreza e decadência, que ficou conhecido como Idade Média grega. A linguagem escrita fora abandonada, e uma das poucas formas de expressão era a epopeia, poesia oral tradicional. Era composta e preservada na mente dos chamados aedos e rapsodos, e transmitida verbalmente de geração a geração.

Segundo as lendas, Homero teria sido um desses aedos, um poeta cego que perambulava pelas cidades mendigando e recitando seus versos.

Acerca do poeta grego, há uma questão que não quer calar: teria sido ele realmente o autor de *Ilíada* e *Odisseia*?

Os mais recentes estudos – filológicos, históricos e literários – indicam que ambos os poemas são obra de um mesmo gênio artístico. No entanto, a forma "homérica" inicial sofreu profundas alterações ao longo do tempo.

A edição mais antiga do trabalho de Homero de que se tem notícia data do século VI a.C., e a maioria dos manuscritos encontrados posteriormente parece ter-se originado dela.

A dificuldade em separar essas alterações da versão considerada original faz com que os estudiosos muitas vezes divirjam em seu veredicto.

De qualquer modo, em sua essência, tanto *Ilíada* como *Odisseia* trazem um romance complexo e fascinante, com uma estrutura surpreendentemente moderna.

Ilíada narra uma disputa, na antiga Grécia, entre três deusas do

Olimpo pelo título de "a mais bela", dando origem à guerra de Troia, que durou dez anos e envolveu deuses e mortais em sangrentas batalhas.

Não há nenhum registro histórico sobre a cultura grega anterior ao poema épico *Ilíada*, escrito entre os séculos IX e VII da era pré-cristã. É o mais antigo documento da civilização helênica conhecido até agora.

Por intermédio dessa fabulosa obra, que narra a brilhante saga de duas nações em guerra, pode-se ter um inestimável entendimento da Grécia antiga e dos povos que faziam parte do mundo de então.

Ílion, nome grego de Troia, foi o título dado por seu autor para contar os últimos lances da sangrenta guerra entre gregos e troianos, que durou dez longos anos.

A ação da guerra de Troia, descrita em vinte e quatro cantos, conseguiu iluminar grandes momentos da Grécia e de Troia, que de outra forma jamais seriam revelados. O envolvimento dos deuses, que tinham as mesmas fraquezas e aspirações humanas, embora possuidores de poderes divinos, faz com que, conforme suas preferências, a guerra oscile entre um campo e outro sem nunca definir o vencedor. Mesmo Zeus, o deus dos deuses, era fraco e influenciável, mudando de opinião segundo as solicitações dos deuses menores ou os humores do momento.

Esse poema imortal – construído sobre as paixões humanas e divinas – e sua belíssima estrutura têm como fundo o eterno conflito entre o bem e o mal.

A guerra de Troia e sua causa

Ptia era um reino da Tessália governado pelo rei Peleu. Apesar de pequeno e sem muita importância, esse reino era próspero e vivia em paz com seus vizinhos.

Peleu já havia passado dos cinquenta anos de idade quando se apaixonou por Tétis, deusa do mar e filha de Nereu, o deus de cabelos e barbas azuis. Nereu morava nas profundezas do mar Egeu com sua mulher Dóris e suas cinquenta filhas.

A bela Tétis era uma deusa menor e ainda não tinha sido pedida em casamento nem disputada por nenhum interessado, fosse ele de ordem divina ou um simples mortal. Ela, porém, desdenhava a corte de Peleu e fazia de tudo para fugir de seu assédio.

Vendo que não conseguiria se fazer amado pela bela deusa, Peleu pediu a ajuda de Proteu, deus marinho que a forçou a aceitar o rei apaixonado. Seria a única deusa a casar-se com um mortal.

A festa de casamento foi no monte Pélion, na Tessália, onde compareceram todos os deuses e deusas do Olimpo. Cada um trazia um presente que julgava ser digno do casal.

A única a não ser convidada foi Éris, a deusa da discórdia, que numa festa estaria completamente deslocada. Ela não aceitou essa discriminação. Surgiu no auge dos festejos e, vingando-se do desprezo a que fora submetida, lançou o pomo da discórdia entre todos. Era uma maçã de ouro, na qual estava escrito: "Para a mais bela". Imediatamente começou a disputa entre as deusas pela posse da fruta. Não chegaram a um consenso, e a briga continuou no Olimpo.

Pátroclo era filho de Menetes, rei de Opunte, que ficava próximo de Ptia. Ainda menino, foi mandado para viver em Ptia, e logo fez uma sólida amizade com Aquiles. Anos mais tarde, ambos lutariam na guerra contra Troia, provocada pela filha de Tíndaro, rei de Esparta. Ela se chamava Helena e era famosa em todo o mundo por sua extraordinária beleza.

Quando Tíndaro resolveu que era hora de sua filha se casar, um grande número de homens logo apareceu. Isso gerou um enorme problema para ele, pois, se escolhesse um dos pretendentes, temia ofender os outros e provocar uma grave disputa. Assim, foi adiando a decisão, até que Ulisses, rei de Ítaca, sugeriu ao preocupado pai que deixasse a própria Helena escolher seu noivo.

O rei de Esparta ficou satisfeito com a sugestão e, em troca do bom conselho, deu a Ulisses a mão de Penélope, sua sobrinha, que também era bela, mas não como Helena.

Tíndaro reuniu os ansiosos pretendentes de Helena e disse-lhes:

– Quero que todos prometam e jurem pelos deuses do Olimpo que aceitarão a decisão de minha filha e continuarão amigos de quem ela escolher para marido.

Todos juraram diante do altar destinado a orações e oferendas a Zeus, o maior dos deuses, e das divindades pertencentes ao Olimpo.

O preferido de Helena foi Menelau, irmão de Agamenon e filho de Atreu, rei de Micenas, o mais poderoso dos chefes gregos.

Terminados os festejos de casamento, os pretendentes derrotados regressaram aos seus reinos, e Ulisses voltou a Ítaca, levando sua noiva Penélope.

Tíndaro morreu pouco depois, e Menelau assumiu o reino de Esparta.

Enquanto isso, no monte Olimpo, onde moravam os deuses, a disputa pela posse da maçã de ouro continuava. As principais oponentes eram Hera, mulher de Zeus e rainha de todos os deuses; Palas Atena, deusa da sabedoria e de todas as artes; e Afrodite, deusa do amor e da beleza.

Apesar dos esforços, os deuses não conseguiram determinar qual das deusas deveria ficar com a cobiçada fruta. Resolveram, então, escolher um mortal para eleger a mais bela, que, em consequência, receberia a maçã da discórdia. O encargo foi confiado a Páris, filho de Príamo, rei de Troia. O príncipe troiano escolheu Afrodite, que, em troca, prometeu arranjar-lhe a esposa mais linda do mundo.

A mais bonita, sem dúvida, era Helena. Porém, quando Páris chegou a Esparta, ela já estava casada com Menelau havia mais de três anos.

Páris foi instalado no palácio real e tratado com toda a fidalguia por Menelau, marido de Helena.

Depois de algum tempo, Páris, que era belo, envolvente e muito inteligente, conquistou o amor de Helena e voltou para Troia, levando consigo a mulher do amigo e o ódio de todo um povo.

Menelau queixou-se com Agamenon, que reuniu os outros pretendentes de Helena e cobrou-lhes o antigo juramento de fidelidade para com o escolhido. Entre eles estavam Aquiles, seu amigo Pátroclo, o velho e experiente Nestor e o esperto Ulisses.

Todos concordaram que deveriam resgatar a bela Helena, nem que para isso tivessem de atacar e conquistar a cidade de Troia.

Um potente e bem armado exército foi convocado e, comandado por Agamenon, logo cercava a cidade-fortaleza. Embora tivessem uma poderosa força, os valentes guerreiros jamais conseguiram ultrapassar as sólidas muralhas de Troia, que também era defendida por vários aliados, compostos por exércitos bem treinados e mais bem armados.

O desejo de castigar Páris pela traição e pela vergonhosa quebra das sagradas leis da hospitalidade transformou-se numa longa e sangrenta guerra, em que não haveria vencedores nem vencidos.

A guerra limitou-se a saques de cidades mal protegidas e escaramuças entre os exércitos inimigos.

A disputa entre Aquiles e Agamenon

Durante nove longos anos, os gregos e seus aliados cercaram a cidade de Troia sem conseguir ultrapassar suas muralhas. As defesas troianas estavam sempre empenhadas em impedir que o agressor escalasse seus altos muros, pois, caso isso ocorresse, a cidade seria tomada.

Os violentos combates eram travados nas areias do mar Egeu ou até mesmo junto das muralhas troianas, mas nenhum dos exércitos conseguiu impor uma derrota definitiva ao inimigo.

Nesse demorado período de cerco, os exércitos gregos, além da impossibilidade de uma vitória, sofriam disputas internas entre os comandantes das diversas nações que o compunham.

Os gregos haviam assaltado a cidade de Lirnesso, situada no sudoeste da costa troiana, de onde trouxeram um gordo butim. O comandante dessa ação foi Aquiles, o melhor guerreiro grego, filho de Peleu, rei de Ptia. Além das riquezas que conseguiram, fizeram um grande número de prisioneiros, que foram transformados em escravos.

Em seguida foi a vez de Tebas, vizinha a Lirnesso, ter o mesmo destino. Dessa cidade, além dos costumeiros saques, foi feita prisioneira uma bela jovem chamada Criseida. Era filha de um sacerdote do templo de Apolo, de nome Crises, homem de grande fortuna e conceito entre os tebanos. Tudo o que foi tomado de Tebas, os gregos entregaram ao seu rei Agamenon, o maior interessado na guerra.

Imediatamente, o pai da jovem sequestrada reuniu entre seus parentes uma fortuna em joias e ouro e partiu ao encontro dos exércitos gregos para resgatar sua filha.

Diante de Agamenon, ajoelhou-se humildemente e suplicou:

– Valoroso comandante do invencível exército grego, peço com toda a humildade que devolva minha querida filha ao lar paterno. Para compensar, trago valioso tesouro que, imploro, aceite. Assim, além de fazer um pai feliz, estará homenageando Apolo, o filho de Zeus.

Os homens, que a tudo assistiam, fizeram acenos de aprovação. Aqueles guerreiros rudes e cruéis tinham um código de honra, segundo o qual as mulheres e os pais deviam ser respeitados. Além disso, Agamenon receberia um justo pagamento.

No entanto, o orgulhoso rei enfureceu-se com o pedido e gritou:

– Fora daqui, velho! É inútil invocar seu deus, pois não lhe devo obediência nem louvor. Volte para sua cidade arrasada, de onde nunca deveria ter saído. Sua filha ficará comigo em meu castelo até que minha vontade decida o contrário. Não me irrite com lamúrias, se quer conservar a vida.

Frustrado e muito triste, o velho retirou-se. Andando pela praia, viu a grande frota de navios gregos e aliados que cobriam a baía em frente a Troia. O velho e derrotado rei fez então uma fervorosa oração para seu deus:

– Apolo, sempre honrei seu nome e seu poder. Agora peço-lhe que vingue minha dor punindo esse rei cruel e soberbo. Que suas flechas de prata castiguem quem me fez verter tantas lágrimas.

Do monte Olimpo, lar dos deuses imortais que comandam os destinos dos homens, Apolo escutou o pedido do velho e irritou-se com a arrogância de Agamenon. Agarrou sua aljava e seu arco de prata e desceu velozmente pelos céus até chegar próximo do acampamento grego. Suas flechas voaram e, primeiro, abateram cavalos, mulas e cães. Logo depois atingiram os homens. Suas setas, além de matar, transmitiam a peste. Durante nove dias, os guerreiros gregos caíram, abatidos pelo irado deus, até que Aquiles resolveu convocar uma reunião de todos os comandantes militares.

Embora fosse o mais jovem de todos os chefes, Aquiles impunha respeito por sua coragem e inteligência, além de sua beleza física incontestável. Diante dos companheiros já reunidos, logo tomou a palavra e declarou:

– Não tenho mais dúvidas de que essa praga que mata tantos guerreiros é fruto da ira de algum deus. Devemos consultar um sacerdote que entenda desse assunto para descobrir qual divindade está zangada conosco e o que devemos fazer para acalmá-la. Caso contrário, jamais teremos força para conquistar Troia. Morreremos aqui mesmo na praia e nunca poderemos vingar o rapto de Helena.

Quando Aquiles acabou de falar, Calcas, adivinho de grande fama, que sabia ler o passado, o presente e o futuro, levantou-se e, elevando sua potente voz, disse:

– Nobre Aquiles, é justa sua preocupação, e mais ainda sua conclusão. Sei que há um deus descontente com os gregos e conheço a razão disso, mas só poderei falar seu nome se jurar me proteger quando eu fizer essa revelação.

– E por que esse temor? – perguntou Aquiles, já se irritando com o sábio.

– Porque o melhor de todos os gregos ficará muito aborrecido com minhas palavras. Temo sua ira.

– Não tenha medo, Calcas – replicou Aquiles. – Diga a verdade. Enquanto eu viver, nenhum grego lhe fará mal. – Fez uma pausa e olhou na direção de Agamenon, que se mantinha calado. – Nem mesmo o grande rei Agamenon, o melhor e mais nobre de todos os gregos, poderá lhe causar dano algum. Isso eu prometo.

– Sendo assim, direi por que a peste chegou entre nós. Ela nos foi mandada pelo imortal Apolo, pois o rei Agamenon se recusou a atender ao pedido de Crises, que é sacerdote dessa divindade. Enquanto a bela Criseida não for devolvida a seu pai, sem nenhum pagamento de resgate, o furioso deus continuará nos castigando.

Agamenon ficou possesso ao ouvir as palavras do adivinho. Levantou-se lentamente de seu trono e falou:

– Suas palavras sempre trazem o sabor de maus presságios, velho Calcas. Nunca o ouvi pronunciar sequer uma expressão de bons augúrios. É o profeta da desgraça. Desta vez, vem me dizer que sou a causa da ira de Apolo e que depende de mim a solução.

Depois de uma pausa, e lembrando que todos os outros reis eram favoráveis à devolução da cativa, contemporizou:

– Pois bem, o velho Crises reaverá sua filha. Prefiro perdê-la a ver meus bravos morrerem pela peste. Ulisses preparará um navio para levá-la de volta a sua terra.

Um murmúrio de aprovação elevou-se entre os demais comandantes presentes.

Lembrando que Aquiles era o responsável por essa reunião e, em consequência, por obrigá-lo a devolver sua bela prisioneira, o astuto Agamenon declarou:

– Sou o chefe e maior entre todos, e não é justo que só eu fique sem os saques. Em troca da devolução da bela Criseida, quero parte do resto dos tesouros pilhados. A sua parte, Aquiles, agora deve ser minha.

Aquiles levantou-se com os olhos brilhando de raiva mal contida. Fazendo esforços para manter a voz calma, respondeu:

– O senhor é nosso chefe, rei Agamenon, mas sua pretensão é muito grande. Eu trouxe meus homens para uma guerra que não é nossa, e nenhum juramento ou compromisso me obrigava a isso. Vim porque me pediu. Lembre-se disso antes de querer partilhar meu quinhão.

Aquiles fez uma pausa para respirar e continuou, agora mais enérgico:

– E o que é meu quinhão perto do produto de todos os saques que fizemos e cuja maior parte sempre coube ao senhor? A mim sempre foi reservada a maior porção da luta e, em troca, a pior parte do butim. Que proveito tirei da guerra de Troia? Alguns escravos, que devolvo sob o pagamento de um pequeno resgate. Por todos os deuses, melhor seria partir e voltar a Ptia do que permanecer menosprezado aqui!

– Fuja, se é isso que lhe recomenda a razão – retrucou Agamenon. – Não pedirei que fique. Outros mais valorosos seguirão ao meu lado. Eu mesmo irei até sua tenda e me apoderarei de todo o tesouro que encontrar. Ninguém se atreve a comparar-se a mim. Nem a enfrentar-me!

Furioso, Aquiles levou a mão ao punho de sua enorme espada. Estava disposto a matar o insolente rei. Porém, antes que desse um passo, ouviu a voz ciciante de Palas Atena, filha de Zeus e deusa da sabedoria:

– Contenha sua cólera, Aquiles – aconselhou. – Por esse ultraje, você vai receber, no futuro, magníficos presentes. Agora, domine seu gênio.

Imediatamente, o jovem impetuoso acalmou-se e, escolhendo cada palavra, disse ao rei:

– Se o senhor não comandasse um exército de homens valorosos, teria pago essa ofensa com a vida. Mas, escute bem: no futuro, quando seus guerreiros forem dilacerados pelo inimigo, sob o comando de Heitor, o terrível, sentirá a falta de Aquiles. Vai pagar então o erro de não ter respeitado nem sabido honrar o melhor de todos os guerreiros gregos.

Antes que a batalha de palavras continuasse, Nestor, o rei de Pilo, levantou-se e ergueu o braço, pedindo silêncio.

– Ambos deveriam envergonhar-se de disputa tão mesquinha. Você, Agamenon, já tem tantos tesouros que não será sacrifício algum deixar para Aquiles a parte que lhe cabe por merecimento. E você, Aquiles, é muito jovem e deveria ter mais respeito para com um grande rei, que talvez você nunca venha a ser.

– Tem razão, Nestor – disse Agamenon. – Mas estou cansado da arrogância de Aquiles, de seu desprezo para com a minha autoridade e de seu temperamento intempestivo.

Aquiles, por sua vez, replicou:

– Não reconheço mais sua autoridade, rei Agamenon. Só lhe recomendo prudência antes de tentar tirar de mim qualquer dos bens que tenho em minha barraca.

E, envolvendo-se no manto, ordenou que Pátroclo o acompanhasse e deixou a reunião, andando orgulhosamente.

Como o rei ordenara, um navio foi preparado a fim de levar Criseida para Tebas, escoltada por Ulisses.

Quando Criseida chegou ao porto de Tebas, Crises já esperava ansiosamente por ela. Depois de abraçar a filha, o velho ajoelhou-se e pediu a Apolo que fizesse cessar a peste que dizimava os exércitos gregos.

Um sonho enganador

Depois de retirar-se para sua tenda, Agamenon levou bastante tempo para adormecer. Seu sono foi agitado e cheio de sonhos, os quais não conseguiu lembrar na manhã seguinte. Somente uma mensagem, nítida e clara, ficou gravada em seu cérebro. Fora Zeus que, do Olimpo, ordenara ao Sonho que deixasse um recado na mente do rei:

"Aproveite o momento e ataque os troianos, pois assim decidiram os deuses imortais".

Pela manhã, Agamenon contou aos demais chefes seu estranho sonho, e todos foram unânimes em concordar que, se os deuses aconselhavam, deveriam atacar rapidamente.

Logo os exércitos, com suas brilhantes armaduras, lanças afiadas e pesados escudos, estavam prontos para marchar contra as muralhas de Troia. Cada chefe grego postava-se diante de suas tropas sobre suas bigas ricamente decoradas e rodas armadas de afiadas lâminas. Um escravo devia conduzir os cavalos. A cavalaria fazia uma sólida barreira e, logo em seguida, vinha a infantaria. Todos apostavam na vitória e estavam ansiosos para combater.

Aquiles, Pátroclo e sua tropa de mirmidões permaneceram a distância, indiferentes aos movimentos dos gregos. Como havia afirmado na noite anterior, Aquiles não mais combateria junto dos homens de Agamenon. Mesmo assim, não via a hora de entrar na luta. Era belicoso por natureza e se irritava por ficar inativo. O mesmo acontecia com seus homens, que, afastados dos combates, passavam o tempo jogando dados, consertando armas ou simplesmente correndo a cavalo pelas campinas próximas.

No campo de batalha, os gregos avançavam como uma leva trovejante de cascos e entrechoques de armas. Gritos de incentivo, barulho de carros e relinchar de cavalos se misturavam ao retumbar dos tambores de guerra.

Nas muralhas de Troia, os vigias deram o alarme, e logo todos se prepararam para a defesa. Entre os chefes troianos destacavam-se Heitor, que era o mais poderoso de todos, Eneias, filho de Anquises, e muitos outros de grande valor.

Os dois exércitos paralisaram-se diante das muralhas numa ansiada expectativa. Todos estavam atentos às ordens de seus líderes e prontos para o confronto.

De repente, destacou-se das fileiras troianas uma única biga, que rolou até o meio do campo e parou, com seus magníficos animais empinando e atirando os freios nervosamente. Do carro desceu um guerreiro notável, com sua armadura recoberta de ouro, que brilhava ao sol da manhã. Era Páris, filho do rei Príamo e de Hécuba. Esse príncipe era o mais odiado dos troianos, por ter roubado Helena de seu marido Menelau e, em consequência, provocado a longa e penosa guerra.

Páris, irresponsável e despreocupado, jamais se expusera ao perigo. Nesse dia, contudo, sem pensar ou atinar com o que fazia, adiantou-se, brandindo a lança desafiadoramente.

Menelau, do lado grego, exultou ao pressentir que poderia, finalmente, vingar a afronta de que fora vítima. Desceu do seu carro no mesmo instante e deu um passo à frente, em sinal de que aceitava o desafio. Sua imponente figura, marcada pela ferocidade com que retorcia a cara cheia de ódio, adiantou-se sob os aplausos, os gritos de incentivo e o ensurdecedor bater de lanças contra os escudos.

Páris, ao se dar conta do que havia feito e vendo o feroz guerreiro que avançava, tratou de saltar sobre a biga e voltar a toda pressa para a proteção do exército troiano. Um urro de revolta e desprezo varreu as tropas gregas. Do lado troiano, um silêncio mortal de vergonha paralisou a todos.

Heitor aproximou-se do irmão e, encolerizado, gritou:

– Covarde! Por sua causa fomos arrastados a esta guerra e agora você nos cobre de vergonha, fugindo como um maricas! Não ouve o gargalhar dos gregos diante de sua fraqueza?

O belo Páris, entretanto, retrucou:

– Mereço suas palavras, mas você sabe que gozo da proteção de Afrodite, a deusa do amor. Se ela me deu a bela Helena, por que haveria de arriscar-me a morrer, quando posso desfrutar de suas dádivas? Mas, se acha que devo combater, acerte com Menelau para que somente nós dois lutemos. O vencedor ficará com Helena e todos os bens do vencido. Quanto aos outros chefes, farão um pacto de amizade e terminarão essa guerra infindável.

Heitor ficou surpreso e satisfeito com as palavras do volúvel irmão. Ordenou aos seus homens que não iniciassem a luta até que ele falasse com os gregos.

Então, adiantando-se, gritou para que todos o ouvissem:

– Escutem as palavras de Páris, filho de Príamo, que foi o causador desta guerra! Ele lutará sozinho com Menelau pela bela Helena. Cada homem aqui deverá jurar que respeitará o resultado do combate, que será também o desfecho da guerra.

Menelau lançou um olhar para Agamenon, que lhe fez um sinal afirmativo. Depois, deu um passo à frente e falou:

– Concordo com as condições, mas quero que o rei Príamo faça também o juramento, aceitando este trato.

Foi grande a alegria em ambos os lados combatentes. De uma das muralhas, Helena observava tudo, mas, devido à distância, não entendia o que realmente estava acontecendo no campo de batalha.

Pedindo ao sábio Antenor que o acompanhasse, Príamo dirigiu-se rapidamente ao local onde os exércitos esperavam o desenrolar dos acontecimentos.

Logo os dois contendores estavam frente a frente, vestindo suas reluzentes armaduras e empunhando pesadas lanças. As regras do duelo já estavam definidas, e eles só esperavam o sinal para se enfrentar.

Páris foi o primeiro a atirar sua lança, que atingiu o escudo de Menelau, mas cuja ponta se quebrou sem perfurá-lo.

A lança de Menelau, por sua vez, chegou a atravessar o escudo de Páris, porém não alcançou seu corpo. Agora os dois lutariam com suas espadas.

Os golpes se sucediam, mas todos eles, quando não eram aparados, atingiam as couraças sem ferir o adversário. De repente, a espada de Menelau chocou-se contra o elmo de Páris com tanta força que se partiu. Mesmo desarmado, o grego atirou-se em direção ao troiano e derrubou-o. A pesada armadura impedia que Páris se defendesse, e logo ele estava sendo arrastado para as fileiras gregas, enquanto a correia de seu elmo o sufocava.

Nesse momento, o capricho de Afrodite evitou que seu protegido fosse derrotado. Numa rápida intervenção, a deusa fez com que uma nuvem de poeira cobrisse os dois combatentes para, logo em seguida, arrancar Páris das mãos de Menelau e levá-lo até o interior das muralhas troianas.

O grego procurou em vão seu adversário e, como não o encontrou, atribuiu aos deuses o estranho acontecimento.

Heitor, que sabia da proteção da deusa, observou raivosamente, assim que encontrou o irmão:

– Hoje você fugiu de um homem que lhe é superior, mas será um tolo se o desafiar outra vez, pois ele o vencerá.

Páris, porém, não se impressionou:

– A proteção da deusa me há de salvar sempre, por isso não temo nenhum grego.

Assim terminou o combate que poderia ter definido a guerra. No entanto, como não houve vencido nem vencedor, tudo deveria continuar como estava.

Novos combates com a interferência dos deuses

Novamente prontos, os dois exércitos esperavam as ordens de seus respectivos comandantes para atirar-se ao combate. Todos os chefes aguardavam o melhor momento para iniciar uma batalha que já não tinha bastantes atrativos, como antes do singular duelo entre Menelau e Páris.

Os vários deuses do Olimpo, cada qual com suas preferências, observavam o campo de batalha, um tanto entediados com a indecisão dos contendores.

Finalmente, Apolo ordenou que Ares, o deus da guerra, percorresse os campos dos troianos e instigasse seus guerreiros a reiniciar a luta.

Ares percorreu as fileiras troianas, sussurrando nos ouvidos dos combatentes:

– Que é feito da grande coragem que se dizia que os troianos sempre tiveram? Onde está o valente Heitor, que não se vê em nenhum lugar na frente de seus guerreiros? E Eneias e seus outros irmãos, fugiram todos e abandonaram suas tropas para que o inimigo grego as vença mais facilmente?

Não tardou para que Heitor ficasse sabendo das insidiosas insinuações do deus da guerra e, ferido no seu amor-próprio, saltasse sobre seu carro e percorresse a vanguarda do exército de ponta a ponta, estimulando seus homens a lutar com bravura. Suas palavras surtiram efeito, pois os troianos atiraram-se contra os inimigos em hostes compactas e cheias de ardor.

Ares, que estava do lado dos troianos, mesmo invisível aos olhos dos humanos, incentivava os guerreiros a combater os adversários. Com isso, já eram claras as vantagens para o exército de Troia, pois os gregos mal conseguiam conter as ondas de assalto que abriam brechas em suas fileiras. Talvez nesse dia a guerra pudesse ser decidida, não fosse o capricho de outros deuses do Olimpo.

Heitor, na frente de seus homens, combatia como um demônio, provocando muitas baixas entre os inimigos. Já havia matado Orestes e Heleno, dois valorosos chefes gregos, e feito seus seguidores fugirem em desorganizada correria.

Hera e Palas Atena, as duas deusas que amavam os gregos, resolveram intervir e fazer com que a sorte da batalha mudasse. Depois de implorar a Zeus, conseguiram o consentimento para prestar ajuda ao exército de Menelau.

Ambas mandaram atrelar os cavalos ao carro de combate de Hera e desceram para a planície próxima de onde se desenrolavam os conflitos. Percorrendo velozmente as fileiras gregas, gritavam palavras de incentivo, enquanto faziam desaparecer o cansaço e o medo entre os homens.

Logo houve um equilíbrio nas forças combatentes.

Depois, vendo que não haveria, mais uma vez, definição nessa guerra, os exércitos pararam a luta e voltaram cada qual para seu respectivo acampamento.

Assim, na medida em que houvesse a interferência dos deuses do Olimpo, cada um com seu lado preferencial, essa terrível guerra não teria fim.

Heitor e Andrômaca

Enquanto os combates se desenvolviam ao redor das muralhas da cidade de Troia, Heitor, seu comandante maior e mais valente entre todos, retirou-se para o palácio de seu pai. Lá chegando, encontrou sua mãe, Hécuba, que lhe dirigiu uma censura:

– Meu filho, por que deixou seus homens desamparados diante dos perigos da guerra e veio até aqui? Os gregos estão nos causando grandes baixas, e sua presença nas frentes é muito importante.

– Minha mãe, aqui venho a conselho dos sábios para que a senhora assim proceda: pegue o manto mais lindo e rico que houver no palácio, vá ao templo de Palas Atena e deposite-o nos joelhos da deusa. Prometa-lhe também o sacrifício de doze bezerros, pedindo a ela que se apiede de nossa sofrida cidade. Que nossos filhos, esposas e parentes sejam poupados dos lanceiros gregos. Eu irei até Páris e lhe pedirei que volte a lutar, pois esta guerra aconteceu por culpa dele, que agora fica gozando a vida no palácio, enquanto nossos companheiros morrem no campo de batalha.

A rainha Hécuba convocou todas as mulheres que estavam no palácio e, depois de escolher o manto mais maravilhoso que havia ali, foi com elas ao templo da deusa para orar.

Heitor dirigiu-se à casa de Páris, onde o encontrou placidamente recostado em macias almofadas e bebendo uma taça de vinho. Junto dele estava Helena, tecendo uma peça de roupa.

Furioso com essa atitude, Heitor falou asperamente:

– É uma vergonha que tantos morram por sua causa, enquanto você fica aí, tão despreocupado. É indigno e revoltante para um príncipe agir como o mais desprezível dos mortais! Volte para o campo de batalha e proceda como um verdadeiro filho de Príamo, rei de Troia.

– Aceito suas censuras, meu caro irmão. Elas são justas. Logo vestirei minha armadura e pegarei as armas. Espere-me, que sairemos juntos.

Helena, que a tudo ouvia sem comentários, aproximou-se e falou com Heitor:

– Sei que não me aprecia, meu caro, porque fui a causadora de tudo o que acontece de mal entre nossos povos, e disso me arrependo amargamente. Sinto pena de você, que suporta o maior peso da luta sem esmorecer nenhum instante.

– Nada tenho contra você, Helena, pois o que nos acontece é por vontade dos deuses, e disso não podemos fugir. Peço-lhe que insista com Páris para que ele volte a lutar, como deve fazer um bom cidadão troiano. Eu, antes de voltar para junto de meu exército, irei me despedir de minha mulher e de meu filhinho, porque não sei se os tornarei a ver.

Logo Heitor chegou à sua bela morada, uma das maiores e mais suntuosas de toda a cidade. Encontrou Andrômaca, que poucos minutos antes havia chegado das muralhas justamente em busca do marido. Junto dela, uma serva carregava no colo o pequeno filho do casal.

A mulher, aflita pela segurança de Heitor, atirou-se em seus braços chorando:

– Querido, temo que sua bravura ocasione a sua perdição. Não tem pena de mim e de nosso pequeno, que ficaremos desamparados com sua morte? Meu pai e meus sete irmãos estão mortos, vitimados pelas mãos de Aquiles, e minha mãe, que reinava nos bosques de Placo, foi sua cativa e só ganhou a liberdade mediante um alto resgate. Por fim, a infeliz morreu trespassada por uma flecha da divina Ártemis. Você é, portanto, minha única família, e não posso perdê-lo.

Heitor, abraçando-a carinhosamente, falou com voz grave e semblante cheio de preocupações:

– Também estou muito angustiado com o rumo dos acontecimentos, mas jamais permitirei que tropas troianas me vejam fugir como um covarde. Apesar de saber que, um dia, esta sagrada cidade há de sucumbir junto com Príamo e seu povo, é com você que mais me preocupo. Tenho muito medo de que um dia caia prisioneira de um desses gregos vestidos de bronze e seja obrigada a servir de escrava numa terra distante. Que eu esteja morto antes disso, para não ouvir suas queixas nem ver sua dor!

Seu pequeno filho chorava de medo ao ver aquele homem enorme, coberto por uma armadura dos pés à cabeça.

Heitor levantou os braços em direção aos céus e bradou, cheio de emoção:

– Zeus olímpico, e todos os deuses eternos, façam com que meu filho venha a ser ilustre entre seus concidadãos, e que no futuro todos possam dizer: "É ainda mais forte e honrado que o pai". E que jamais cause qualquer dissabor para sua mãe.

Depois, enquanto bebia uma taça de vinho, voltou a falar calmamente com sua mulher:

– Querida, não se aflija por mim. Minha sorte está determinada pelos deuses, e nenhum homem poderá matar-me, se esse não for o meu destino. Mas ninguém pode escapar daquilo que está escrito para acontecer em sua vida. Fique, portanto, tranquila e espere minha volta.

Heitor tornou a atravessar as portas das muralhas na direção do campo de batalha. Logo foi alcançado por Páris, que também envergava sua pesada armadura e segurava firmemente a enorme lança.

– Lamento a demora – disse, ao chegar junto de Heitor.

– O que mais lamento é que todos chamem você de covarde, pois não acredito que o seja. Apenas não dá importância a nada que não seja para o seu próprio prazer. Espero que isso mude. Vamos para junto de nossos homens e mostremos que somos legítimos filhos da invencível Troia.

O duelo entre Heitor e Ajax

Depois de mais um dia de sangrentos combates, sem que o fiel da balança pendesse para qualquer dos lados em disputa, os deuses Apolo e Palas Atena marcaram um encontro para confabular sobre o destino dos dois exércitos.

– São grandes as baixas dos dois lados, e até agora não se vislumbra nenhum sinal de que essa guerra terá um vencedor. Nem eu, que sou a favor dos gregos, nem você, grande Apolo, que torce por Troia, devemos permitir tamanha carnificina. Temos de encontrar um meio de diminuir tantas desgraças.

– E o que sugere para isso, ó filha de Zeus?

– Talvez algo que provoque uma trégua. Um tempo para que ambos os exércitos se reorganizem, curem seus feridos e enterrem seus mortos. Pensei num combate singular entre dois dos melhores guerreiros entre gregos e troianos. Basta que incitemos Heitor a desafiar algum grego para que se realize um duelo.

Apolo, então, induziu um dos oráculos a aconselhar Heitor:

– Você deve desafiar um grego para um duelo. Assim teremos tempo para reabilitar nossos homens, que estão exaustos, e muitos deles, feridos. Sei, porque costumo ler o futuro, que ainda não será sua hora de morrer. Portanto, terá sempre a vantagem da vitória.

Heitor, que acreditava nos vaticínios e no poder dos oráculos e sacerdotes, mandou um mensageiro pedir aos gregos que o ouvissem. Adiantando-se para o centro da disputa, anunciou com voz potente:

– Escutem-me, bravos gregos e aliados! Sei que entre suas tropas estão grandes e valorosos lutadores. Pois eu desafio qualquer um que tenha a coragem de bater-se comigo. O vencedor poderá levar como prêmio as armas e a armadura do vencido. O corpo do vencido deverá ser entregue aos seus compatriotas, para que tenha as justas honras fúnebres destinadas aos heróis e possa ser homenageado por seus parentes.

Um clamor de aprovação e entusiasmo elevou-se dos dois campos. Todos ansiavam por uma trégua que lhes proporcionasse o justo descanso.

Os chefes gregos ficaram em silêncio. Tinham medo de aceitar e vergonha de recusar, já que nenhum deles se sentia capaz de derrotar o invencível Heitor.

Menelau irritou-se com seus comandantes:

– Parece que só vejo fracos entre nós. Se ninguém se sentir com poder de vencer o grande Heitor, eu mesmo irei para o duelo. E que os deuses me concedam a vitória.

Agamenon, porém, sempre ponderado, veio dissuadi-lo:

– Perdeu o juízo? Nem mesmo Aquiles, o mais forte entre nós, teria condições de vencer Heitor. Espere que se apresente alguém à altura desse inimigo.

Assim falando, Agamenon obrigou o irmão a sentar-se e, como ninguém se apresentava, sugeriu que se fizesse um sorteio para determinar o adversário do chefe troiano.

Dentro de um capacete, foram colocados os nomes dos nove guerreiros que se apresentaram como voluntários. O escolhido foi Ajax, filho de Tétamon, sem dúvida um dos mais valentes entre todos os gregos.

– Amigos – disse o escolhido –, os deuses decidiram que eu deveria enfrentar o troiano. Foi uma boa escolha, pois tenho certeza de que derrotarei o bravo Heitor ou qualquer outro inimigo que venha a enfrentar.

Em seguida, vestiu sua couraça e, empunhando as armas, adiantou-se na direção do adversário, que já o esperava no local definido para o duelo.

– Salve, nobre Heitor. Fui o designado pelos deuses para enfrentá-lo. Prepare-se, portanto, para a morte, pois estou certo de que vencerei este combate.

Heitor, que parecia sereno e despreocupado, respondeu com ironia:

– Ajax, você é um guerreiro ilustre, e todos conhecem sua coragem. Sei também que já venceu muitos outros guerreiros de valor, mas diante de minha lança não terá a mesma sorte.

E, no mesmo instante, arremessou a pesada lança, que perfurou o escudo de Ajax sem feri-lo. Este revidou o golpe, e sua lança, talvez mais afiada, atravessou o escudo de Heitor, rasgando sua túnica. Mas não alcançou o corpo do troiano.

Os golpes seguintes foram também aparados por ambos os contendores sem provocar nenhum ferimento.

Desembainharam, então, as espadas, e Ajax conseguiu acertar um golpe entre a armadura e o elmo de Heitor, provocando um ferimento não muito profundo no pescoço, mas de onde jorrou sangue com abundância.

Outra vez, frente a frente, iam prosseguir na luta, quando dois arautos, um dos gregos e outro dos troianos, postaram-se entre Heitor e Ajax e, levantando o cetro que lhes conferia o poder de embaixadores, fizeram cessar o duelo.

– Que este combate termine aqui – disse um deles –, porque ambos já deram provas de grande valor e a certeza de que Zeus os ama igualmente. Não é honroso combater durante a noite, e, como veem, o dia está se findando no horizonte.

Satisfeitos, os dois trocaram presentes em sinal de obediência ao armistício e separaram-se amigavelmente. Heitor ofereceu sua espada a Ajax, que, em troca, presenteou-o com um cinturão de cor púrpura. Nesse ato, os dois ex-combatentes sequer imaginavam o trágico destino que estariam traçando para si mesmos.

Foi grande a alegria de ambos os lados ao ver que seus chefes voltavam vivos, embora os gregos tenham considerado que, por ferir Heitor, Ajax havia vencido a luta.

Durante a trégua que se seguiu, os dois exércitos fizeram o que Palas Atena e Apolo haviam previsto. Sepultaram seus mortos, cuidaram dos feridos e consertaram armas e carros de combate.

Os gregos aproveitaram o tempo para construir uma alta muralha, que ia da praia até o sopé do primeiro monte. Depois cavaram um longo fosso, que acompanhava a fortificação em toda a sua extensão. Além de ficar mais protegidos contra os avanços dos troianos, garantiam a segurança de seus navios, ancorados ao largo.

O mau humor de Zeus

O maior de todos os deuses estava mal-humorado. Aquela guerra, que não chegava nunca a um desfecho, fazia com que sua paciência andasse no limite do suportável. Sabendo que havia uma grande rivalidade entre os demais habitantes do monte Olimpo por causa dos humanos, resolveu convocar uma assembleia.

Quando todos os deuses e deusas estavam reunidos, ele fez um discurso que causou muitas apreensões no meio divino.

– Já não tenho mais paciência com essa guerra, que há anos está sendo travada sem que se chegue a um resultado. Sei que alguns de vocês preferem os gregos, enquanto outros estão do lado troiano, fazendo com que a sorte ora esteja de um lado, ora de outro. Agora vou pôr um ponto-final nessa disputa. Vou prestar uma grande ajuda aos troianos, de quem gosto mais, e fazer com que vençam a guerra.

Todos os demais deuses ficaram em profundo silêncio. Nenhum deles tinha coragem de contestar a vontade de Zeus, embora os aliados dos gregos ficassem muito tristes com aquela resolução.

Os que defendiam Troia ficaram felizes, mas não deram nenhuma demonstração, temerosos de que o instável humor do deus supremo mudasse de rumo.

Somente Palas Atena atreveu-se a falar, pois sabia que era adorada pelo pai, de quem obtinha quase tudo o que queria:

– Meu pai, sei que sempre uma razão maior o leva a fazer alguma coisa. Contudo, tenho pena dos gregos. Eles morrerão não só porque lutarão contra os troianos, mas também porque assim decidiu a sua vontade. Acataremos a sua ordem e não lutaremos ao lado de Heitor e seus exércitos. Entretanto, peço-lhe que permita, ao menos, que os ajudemos com sábios e prudentes conselhos.

O poderoso deus sorriu carinhosamente para sua filha predileta:

– Sossegue, minha querida, pois minhas recomendações não estavam destinadas a você.

Em seguida, Zeus subiu em seu carro e, chicoteando os fogosos cavalos com crinas de ouro, voou até o monte Ida, de onde ficou observando os movimentos dos exércitos em terra, que aproveitavam a trégua para reorganizar suas forças.

No campo de batalha, não levou muito tempo para que as tropas se colocassem em posição de combate. Os troianos

estavam em menor número, porém dispostos a lutar o mais bravamente possível.

Pouco mais de uma hora depois, os exércitos se atiraram ao combate. Um entrechoque de armas, gritos de guerra e um trovejar de cascos se uniam aos gritos dos líderes e ao rufar dos tambores. Logo uma imensa poeira tomou conta do campo, e o solo começou a ficar juncado de corpos caídos de ambos os lados. Mesmo assim, a batalha não diminuía. Embora o cansaço já começasse a abater os mais fracos, havia um ímpeto redobrado dos chefes, que tudo faziam para animar seus companheiros.

Zeus achou que estava na hora de intervir. Atirou um potente raio entre as tropas gregas, que fez espalhar o pavor de um lado a outro do campo.

O próprio Agamenon, que se mantinha firme na frente dos homens, foi obrigado a recuar diante da debandada geral.

Heitor, que lutava no outro lado, sentiu que era ajudado por Zeus e tratou de aproveitar a confusão que explodia entre os gregos. Com brados de estímulo, arremeteu contra a vanguarda adversária, levando tudo de roldão. Logo os troianos tiraram uma nítida vantagem e valeram-se disso para obrigar o inimigo a recuar desordenadamente para suas fortificações.

As baixas eram cada vez maiores, e toda tentativa de impedir o rápido avanço dos troianos fracassava.

O deus dos deuses, satisfeito com o resultado, lançou mais um raio, causando ainda maior confusão entre os aturdidos e desmoralizados gregos.

Heitor, porém, não estava disposto a perder tamanha vantagem. Incitando seus homens com gritos de guerra, insultos, ameaças e promessas de bons prêmios aos primeiros que ultrapassassem as fortificações gregas, foi ganhando terreno até chegar próximo das muralhas.

Agamenon, que via seus homens entregues ao desânimo e prontos para depor as armas, gritou com todas as forças de seus pulmões:

– Aquele que atingir Heitor receberá um prêmio tão grande que será comparado a um pequeno rei. Abatam o homem e terão minha eterna gratidão.

Vários arqueiros dirigiram suas flechas contra o chefe troiano, mas nenhum conseguiu trespassar a pesada couraça que protegia seu corpo.

Os cadáveres dos gregos em retirada iam ficando pelo campo, e suas armas e couraças eram recolhidas pelos troianos, que exultavam com os valiosos troféus.

Do monte Ida, Zeus ria feliz com a balbúrdia que havia provocado. Seus raios volta e meia explodiam entre os gregos, contribuindo para aumentar o pânico dos infelizes. Somente quando viu que a derrota dos helênicos estaria consumada em pouco tempo, retirou-se para o seu palácio no monte Olimpo e, sentado no trono de ouro, bebeu prazerosamente uma taça de vinho.

Hera e Palas Atena estavam perto do deus maior, e seus semblantes denotavam grande desespero.

– Por que essa tristeza tão grande? – perguntou Zeus, ironicamente.

– Você bem sabe por quê – respondeu Hera, quase explodindo de ira. – Já que nada podemos fazer pelos gregos, queremos pelo menos lastimar sua sorte.

– Ainda não viram nada, minhas belas – gracejou o deus.
– Amanhã Heitor provocará tal destruição entre os gregos que eles serão obrigados a implorar que Aquiles volte ao combate.

Felizmente para os combalidos gregos, a noite desceu sobre o campo, e os combates tiveram de ser interrompidos. Isso deu-lhes tempo de proteger-se atrás das muralhas e reorganizar suas destroçadas tropas.

Os troianos também estavam muito cansados, e foi com alívio que voltaram para o interior da cidade-fortaleza.

De qualquer forma, mesmo com a intervenção de Zeus, ainda não foi dessa vez que se definiu a sangrenta guerra. Não houve vencido nem vencedor.

Aquiles recebe um embaixador

Nos campos troianos, a alegria era geral, apesar da pequena frustração de não terem tomado a fortaleza grega e definido os rumos da guerra. Isso seria feito no dia seguinte, se os deuses continuassem a auxiliá-los e protegê-los.

No lado grego, ao contrário, só havia tristeza. Todos os comandantes sentiam o peso da derrota iminente, e suas mentes remoíam fórmulas para virar a sorte da guerra. Agamenon, o chefe supremo, andava de um lado para outro em sua tenda, rosnando como um leão enjaulado. Sabia que Zeus tinha intercedido em favor dos troianos, e não via outra alternativa senão retirar seus exércitos e voltar para a Grécia, com o rabo entre as pernas.

Depois de horas de incertezas, resolveu marcar uma reunião com todos os chefes e decidir qual rumo tomar. Sem a ajuda de algum potente deus do Olimpo, era inútil continuar a guerra.

Agamenon falou para um grande número de líderes em sua tenda:

– Chefes e conselheiros gregos! Aliados das várias nações aqui reunidas! Sábios e oráculos! Todos os que lutam nesta guerra, e que aqui vieram a meu pedido, escutem minhas palavras. É certo que Zeus está apoiando os troianos, embora nos houvesse prometido que voltaríamos vitoriosos desta guerra. E que, antes de regressarmos, destruiríamos as fortes muralhas de Troia e tomaríamos a cidade de assalto. Agora parece divertir-se com a nossa derrota. Só nos resta embarcar em nossos navios e voltar para a pátria, vencidos e desonrados.

Todos os chefes ficaram mudos ao ouvir as palavras de seu dirigente máximo. A consternação e a surpresa estavam estampadas nos rostos de cada um. Depois de nove anos de duros combates, a rendição pura e simples? Era demais, até mesmo para o mais pacífico dos homens.

Diomedes, que já se havia destacado nos combates, foi o primeiro a levantar e falar:

– Permita-me que discorde de sua opinião, chefe Agamenon. Zeus o honrou, entregando-lhe o cetro e o comando de todos os exércitos, e agora você está demonstrando falta de firmeza. Não creio que queira, realmente, abandonar a luta, mas tenha certeza de que nós não o faremos. Viemos aqui para vencer ou morrer, e é assim que vamos proceder. Voltar derrotados, jamais!

Um urro uníssono de apoio explodiu de todos os peitos. Levantando a mão e pedindo silêncio, o velho e prudente Nestor falou:

– Diomedes, você é um homem sensato e de reconhecida bravura, e todos aprovam suas palavras. E você, Agamenon, antes de tomar qualquer iniciativa, convide todos os chefes e conselheiros para um banquete de confraternização, pois todos combateram com grande valor, e é justo que recebam uma homenagem de seu comandante maior. Depois, cada um falará, e você deve aceitar o conselho mais prudente. Só assim haveremos de encontrar o rumo que devemos seguir.

Conforme foi aconselhado, Agamenon levou os chefes a um lauto jantar, acompanhado de bons vinhos. Depois que todos haviam comido e bebido, Nestor tornou a falar:

– Agamenon, você é rei e chefe de todos os helenos e tem direito às maiores honras entre nós, mas também tem os maiores deveres para com a pátria. Fez muito mal quando entrou em conflito com Aquiles, o mais valoroso de seus súditos. Além de ter-lhe tomado a bela Criseida, insultou-o como só se faz com homens de nenhum valor. Por isso ele se negou a combater, e agora sentimos a falta que nos faz esse guerreiro. Envie uma embaixada até ele com os melhores presentes que puder juntar e procure aplacar-lhe a cólera. Assim, talvez ele volte ao campo de batalha e possa, com a ajuda dos deuses, mudar o curso da guerra.

Um grave silêncio pairou entre todos. Somente o velho e respeitado Nestor poderia ter falado daquela forma com seu rei.

Agamenon andou pela sala de cabeça baixa e com as mãos para trás. Meditava intensamente, e ninguém atreveu-se sequer a suspirar enquanto o rei pensava. Finalmente falou:

– Tem razão, meu bom conselheiro. Fui pouco hábil com Aquiles e agora devo resolver esse problema e novamente conquistar-lhe a amizade. Mandarei ricos presentes, que ele não poderá recusar. Quero que reúnam sete trípodes inteiramente novas, que nunca tenham ido ao fogo, dez talentos de ouro, vinte caldeirões polidos e doze cavalos das melhores raças. Vou dar a ele também sete escravas, mulheres lindíssimas que me couberam como despojos quando conquistei Lesbos.

Um bater de escudos de aprovação percorreu todos os chefes. O rei fez sinal, pedindo silêncio, e continuou:

– Além disso tudo, quando arrasar Troia, juro diante de todos que, ao dividir o resultado do saque, ele poderá escolher para si próprio vinte entre as mais lindas mulheres que há na cidade, exceto a bela Helena, que já tem seu destino traçado. E ainda mais: quando voltarmos à Grécia, receberá em meu palácio honras iguais às de meu filho Crestes. De minhas três filhas, ele poderá escolher uma para sua esposa, sem que necessite pagar dote algum por ela, como é de lei. Além da noiva, levará para sua casa tantos e tão magníficos presentes como nunca homem nenhum recebeu: sete cidades ricas e populosas, cercadas de bons campos, e todas lhe pagarão tributos dignos de um grande rei. Eis tudo o que prometo a Aquiles se ele voltar a combater junto de nós.

Nestor, que ouviu tudo, comentou:

– Seus presentes são realmente os maiores já vistos, e não há homem no mundo que possa desprezá-los. Vejamos quem mandaremos à tenda de Aquiles para oferecer-lhe essas dádivas. Acho que Ajax e o divino Ulisses serão os melhores embaixadores para tão importante missão. Você decidirá, meu rei.

Com a concordância de Agamenon, todos suplicaram ao supremo deus olímpico que abrandasse o coração de Aquiles e fizeram com que Ulisses e Ajax partissem para cumprir o que lhes haviam determinado.

A resposta de Aquiles

Quando Ulisses e seus companheiros chegaram ao acampamento dos mirmidões, encontraram Aquiles tocando placidamente uma lira e cantando hinos em que exaltava feitos de heróis antepassados. Junto dele, ouvindo-o atentamente, estava Pátroclo, seu inseparável amigo.

Surpreso com a visita de tão ilustre e numeroso séquito, Aquiles recebeu-os cordialmente e mandou que lhes servissem vinho e algumas iguarias.

– Bem-vindos ao meu acampamento – disse, enquanto oferecia assentos para todos. – Sou inimigo do rei que comanda os exércitos gregos, mas nem por isso deixo de dedicar grande afeição por vocês. Sentem-se e bebam comigo um bom vinho para depois tratarmos de qualquer outro assunto.

Depois de beberem e comerem, Ulisses levantou-se e, erguendo sua taça, falou:

– Um brinde ao valoroso Aquiles e seu amigo Pátroclo. O que nos traz aqui é uma missão muito importante, que nos foi dada pelo rei Agamenon, seus chefes e conselheiros. Estamos na iminência de cair sob as armas troianas, e somente seu braço, suas armas e seu exército poderão nos salvar. Agamenon reconheceu isso. É grande o valor dos presentes que nosso rei lhe destinou, caso volte a lutar junto dos gregos. Lembro que seu velho pai o aconselhou: "Meu filho, os deuses lhe darão força e valentia, mas cabe a você retirar o orgulho de seu coração. Evite a discórdia, para que todos os povos o louvem e estimem". Isso disse Peleu, seu pai, e agora nós repetimos, para que seu julgamento seja favorável ao nosso rei.

Um grande silêncio pairou no ar. Os olhos de todos estavam cravados em Aquiles, esperando sua resposta:

– Caro Ulisses, vou lhe falar com franqueza e espero que, depois do que vou dizer, ninguém mais me procure, propondo que volte a lutar ao lado de Agamenon. Durante muito tempo, me expus em grandes batalhas. Foram muitas as cidades que saqueamos, e dessas imensas riquezas nada me coube. Entreguei tudo a Agamenon, que sempre ficou na retaguarda, esperando pelos prêmios que exigia, pelo fato de ser o rei. Nunca fugi de nenhuma empreitada, por mais difícil que fosse, e, da parte do soberano, não recebi sequer um gesto de agradecimento, quanto mais parte dos butins tomados dos inimigos. E agora, sentindo-se perdido, ele manda implorar que eu volte? Depois de ter-me ofendido diante de todos os chefes e saqueado o único bem que quis ter para mim? Não, meus caros amigos, Agamenon que se arranje. Que busque em outro lugar a força para salvar suas tropas do aniquilamento. Digam-lhe que logo voltarei para Ptia, onde tenho riquezas e não me faltarão belas mulheres, se eu desejar. Volto para minha terra e aconselho a todos que façam o mesmo, pois Agamenon está perdido.

Ficaram todos estupefatos com a violência e a raiva do discurso de Aquiles.

Ulisses e seus companheiros, vendo cair por terra qualquer possibilidade de convencer o impetuoso guerreiro, sentiram que morriam ali todas as esperanças de salvar os helenos.

Assim, voltaram ao acampamento para dar a má notícia ao rei.

Os espiões se movimentam

O acampamento grego descansava. A madrugada ainda estava distante, e os guerreiros dormiam depois de um dia atribulado e cheio de sobressaltos. Agamenon, porém, não conseguia conciliar o sono. A recusa de Aquiles e sua resposta ofensiva irritaram-no mais do que o medo da derrota. Andando pela barraca, seu único pensamento era encontrar uma saída para tão angustiosa situação. Finalmente, vestindo sua pesada armadura e pegando suas armas, ele saiu. Logo encontrou Menelau, que se aproximava, também armado.

– Ia justamente à sua procura – disse Menelau. – Acredito que o melhor a fazer agora é enviar alguns espiões ao campo inimigo e observar o que pretendem. Será que algum de nossos homens aceitará tão perigosa missão?

– Vamos consultar Nestor, nosso velho e sábio conselheiro. Ele saberá dizer se é uma boa ideia espiar os troianos.

Nestor, que também não tinha conseguido dormir, concordou com o plano. Entretanto, disse que deviam convocar o conselho para decidir quem poderia desempenhar melhor a tarefa.

Quando todos estavam reunidos na barraca do rei, o plano foi exposto. De fato, seria muito bom que conseguissem descobrir o que tramavam os inimigos.

– E quem está disposto a penetrar no campo inimigo para colher essas informações? – indagou Nestor.

Diomedes prontamente respondeu:

– Eu irei. Mas acho que deveria levar mais alguém comigo, pois duas cabeças pensam melhor que uma, e poderemos nos proteger mutuamente.

– É um bom raciocínio. Quem quer acompanhar o bravo Diomedes? – perguntou Agamenon.

Vários braços se elevaram. Porém, antes que o rei se manifestasse, Diomedes falou:

– Meu rei, se me permitir escolher, gostaria que o bravo

companheiro Ulisses me acompanhasse. Com ele estarei tranquilo, porque o conheço bem e sei de sua coragem.

Dessa forma, os dois partiram em direção ao acampamento dos troianos e seus aliados. Logo viram inúmeras fogueiras espalhadas por uma grande extensão.

Andando prudentemente na escuridão, foram-se aproximando sem fazer o menor ruído. Um rufar de asas acima de suas cabeças deu-lhes a certeza de que a garça, mensageira de Palas Atena, se fazia notar para indicar-lhes que a deusa os

defenderia. Isso lhes proporcionou novo ânimo e a esperança de que tudo correria bem.

Quando chegavam perto das primeiras valas que protegiam o acampamento, os dois viram um vulto que se aproximava sorrateiramente.

– Deve ser um espião – sussurrou Ulisses no ouvido do companheiro. – Vamos aprisioná-lo e saber o que pretende.

Assim que o estranho chegou mais perto, ambos saltaram e o seguraram firmemente.

O homem ficou apavorado. Sentiu que sua vida estava nas mãos dos dois gregos.

– Quem é você e o que faz aqui? – perguntou Ulisses asperamente. O homem tremia de pavor.
– Ai de mim! Heitor ordenou-me que fosse espionar o campo grego. Prometeu-me os cavalos e o carro de Aquiles, caso levasse informações preciosas a ele – o homem choramingava lastimosamente.
– É um prêmio grande demais para um guerreiro tão covarde! – exclamou Diomedes. – Como se chama?
– Sou Dolão. Fui enviado para ver se os gregos estavam vigilantes ou se tramavam alguma coisa na calada da noite.
Ulisses sorriu matreiramente.
– Bem, agora quem vai dar informações será você. Conte tudo o que acontece nos acampamentos troianos ou será morto aqui mesmo.
Dolão, que de valente não tinha nada, fez uma minuciosa descrição da posição de cada exército, seus efetivos, suas armas e seu ânimo para o combate. Indicou a parte mais vulnerável, por onde poderiam entrar sem problemas. Era na posição em que se encontravam os trácios, recém-chegados e ainda fatigados da longa viagem.
Depois de abater o espião, Ulisses e Diomedes penetraram no acampamento trácio e, sem que pudessem ser contidos, promoveram uma carnificina entre os desprevenidos soldados. Antes de partir, a conselho de Palas Atena, que a tudo observava, levaram, além de boa quantidade de armas e objetos valiosos, os belos cavalos de Reso, o rei trácio que também foi morto pela dupla.
De volta ao acampamento grego, contaram suas aventuras e exibiram as presas de guerra que traziam. A esperança voltou aos corações até então oprimidos pela angústia de uma inevitável derrota.
– Certamente, os deuses resolveram voltar a nos proteger. Tomara que amanhã, durante a batalha, essa proteção seja grande e sólida! – exclamou Agamenon.

Mais uma batalha

Os primeiros alvores da madrugada começaram a iluminar fracamente o horizonte, e os dois exércitos inimigos iniciavam os movimentos para a formação de mais uma batalha. Os cavalos atrelados às bigas escarvavam o solo nervosamente, enquanto os homens batiam nos escudos com suas lanças, ansiosos para iniciar a luta. Os chefes, com ordens curtas e severas, continham seus comandados, esperando a melhor hora para avançar.

Diante dos gregos estava Agamenon, com sua brilhante armadura enfeitada de figuras de ouro e prata, orgulhosamente postado sobre sua biga; dois magníficos corcéis forçavam as rédeas, ávidos para galopar.

Do lado troiano, Heitor, não menos imponente, também agitava sua pesada lança acima da cabeça, incitando seus guerreiros ao combate. As trombetas e tambores de guerra acompanhavam tudo, produzindo um barulho ensurdecedor.

Explodiu o conflito, e os dois lados se misturaram num movimento de armas e homens que gritavam e vociferavam. O combate se desenrolou, arrastando uma leva de homens de um lado para outro, como uma fatídica dança, em que muitos caíam mortos e feridos.

Em pouco tempo, batidos em todas as frentes, os troianos foram obrigados a recuar para as muralhas. Isso desagradou Zeus, que, do monte Ida, assistia um tanto entediado à batalha entre os humanos. Vendo que os troianos estavam perdendo terreno e podiam perder também a guerra, chamou a mensageira Íris e disse:

– Vá depressa, Íris, e diga a Heitor que não ataque Agamenon enquanto este permanecer na frente do exército grego. E que incentive os guerreiros troianos a conservar-se no terreno onde estão. Quando Agamenon for ferido, coisa que não demorará a acontecer, Heitor receberá de mim grande força e bravura para repelir os gregos e levá-los de volta a seus navios.

A mensageira divina transmitiu o recado, e Heitor tratou de induzir seus comandados a resistir até que a sorte mudasse. Um bom número de lutadores, entre os melhores de Troia, aproximaram-se de onde estava Agamenon, tentando abatê-lo. O chefe grego, porém, era um homem forte e muito hábil no manejo das armas, e produzia várias vítimas sem ser tocado pelas armas dos adversários. Heitor, obediente às palavras de Íris, observava os movimentos da primeira linha grega, onde se encontrava Agamenon, esperando a todo momento que ele caísse ferido.

Já se aproximava o meio-dia quando a lança de um soldado anônimo alcançou o braço de Agamenon na altura do cotovelo. O chefe grego, apesar de ferido, continuou lutando, até que a dor ficou tão intensa que o forçou a ordenar que o conduzissem à retaguarda. Era o momento esperado por Heitor.

– Avante, troianos e demais aliados! Chegou a nossa vez! O mais bravo dos helenos está ferido e se retira da luta! Zeus está do nosso lado e nos dará a vitória!

E assim, incentivando seus homens, Heitor foi avançando e derrubando todo inimigo que encontrava pela frente. O

exército grego já começava a dar sinais de debandada quando o audacioso Ulisses avançou entre os helenos, gritando e manejando a lança com terrível resultado para os troianos.

– Vamos, companheiro Diomedes, mostremos aos seguidores de Heitor que sabemos lutar tão bem ou até melhor que eles. Se Zeus resolveu ajudá-los, nós temos também os deuses que nos protegem. Lute e reze, pois haveremos de levar a justa vitória para nosso rei.

A batalha continuou sangrenta e feroz, sem que houvesse vantagem para qualquer dos lados. O solo estava repleto de cadáveres, e os feridos gritavam e se lamentavam, pedindo socorro.

Páris, que até então lutava próximo de Heitor, conseguiu acertar uma flecha no pé de Diomedes. Rindo do inimigo ferido, o jovem gritou:

– É pena que eu não lhe tenha acertado o peito, pois assim livraria o mundo de um homem que só sabe causar dificuldades.

Diomedes, por sua vez, gritou em resposta:

– Arqueiro covarde, ladrão de esposas! Ainda haveremos de nos encontrar frente a frente, e então sentirá o peso de meu braço.

Páris riu, mas tratou de afastar-se, pois Ulisses, que atemorizava qualquer inimigo, já se aproximava.

Os homens combateram pelo resto do dia, e muitos foram os mortos e feridos até o cair da tarde.

Escurecia quando os exaustos exércitos resolveram parar com a carnificina. Os dois lados já não tinham forças nem mesmo para empunhar suas lanças ou manejar as espadas.

Nos respectivos acampamentos, os homens curavam as feridas e contavam os mortos. Mais uma vez, o sangrento combate não decidiu a sorte da batalha. Ninguém tinha ânimo nem condições de continuar numa guerra em que não se podiam prever os resultados, pois a decisão era dos deuses, e os homens deviam esperar sem contestar.

Prossegue a batalha junto das muralhas gregas

No dia seguinte, o exército troiano, comandado pelo infatigável Heitor, voltou a atacar junto das muralhas defendidas pelos gregos. O fragor da batalha não diminuía, apesar de a tarde já estar avançada e o cansaço tomar conta de todos. O anseio da vitória estimulava os troianos, e o pavor da derrota atropelava os gregos.

A profunda vala cavada pelos gregos ao pé das muralhas impedia o avanço dos cavalos, que relinchavam e empinavam, negando-se a saltar. Do outro lado, uma carreira de varas pontiagudas formavam mais um empecilho. Heitor gritava em vão, tentando fazer com que os homens vencessem mais aquele obstáculo. De fato, não havia voz de comando que fizesse efeito sobre os impotentes atacantes.

Zeus, confortavelmente instalado no alto do monte Ida, já começava a perder o interesse pela batalha e pretendia deixar os homens entregues à própria sorte.

Heitor, vendo que era inútil avançar com os carros de combate, ordenou que as bigas fossem deixadas de lado e seus homens atacassem a pé. Assim, uma avalanche de guerreiros em compacta formação atacou a já fraca defesa grega e conseguiu arrombar uma das grandes portas. Os troianos invadiram o interior da fortaleza, gritando e distribuindo golpes para todos os lados.

Os gregos, incapazes de conter aquela fúria, foram recuando, com a intenção de refugiar-se nos navios ancorados ao largo. Sob as ordens de Agamenon e Menelau, organizaram a retirada.

As tropas de Heitor já tinham tomado completamente a fortificação, quando o som estridente de uma ave de rapina fez com que todos levantassem os olhos para o céu. Uma enorme águia voava em círculos sobre as tropas troianas, com uma serpente presa em suas garras. A cobra, contorcendo-se, picou o peito da ave, que a soltou e, com um grito de dor, sumiu no horizonte.

Os sacerdotes e oráculos logo trouxeram a Heitor a interpretação daquele sinal:

– Parece-me que Zeus não quer que avancemos sobre os navios gregos – disse o mais velho dos sacerdotes. – A águia representa os troianos, e a serpente, os gregos. Apesar de ferida, a cobra conseguiu picar a ave de rapina e sair com vida. Isso quer dizer que nós, até agora vencedores, seremos rechaçados se continuarmos avançando.

Heitor ficou furioso:

– Você, profeta da má sorte, com certeza perdeu o juízo! Se foi o próprio Zeus que me ordenou que perseguisse os gregos até vencê-los, como agora hei de fugir e deixar escapar a vitória, que já está quase conquistada? Que me importam os augúrios, se tenho as ordens do deus maior?

E, sem dar maior importância aos sacerdotes que o rodeavam, apreensivos, seguiu em frente, ordenando aos seus homens que o acompanhassem.

Dali em diante, não houve muitos encontros entre as forças contrárias. Os troianos batiam os gregos em todas as frentes, e estes recuavam, fugindo em direção aos navios.

Parecia impossível impedir o avanço das tropas troianas, e Heitor já antevia a vitória e o fim do conflito.

Os navios gregos

A vanguarda comandada por Heitor já vislumbrava os primeiros navios gregos por entre a névoa do entardecer. Desta vez, estava disposto a combater durante a noite e não deixar incompleta a tarefa de derrotar os gregos.

A essa altura, Zeus já estava totalmente desinteressado pela guerra, que, afinal, não era diferente de tantas outras que ele presenciara em sua eterna existência. Certo de que seus desejos haveriam de ser satisfeitos e de que nenhum outro deus menor se atreveria a intervir em defesa dos gregos, resolveu voltar ao monte Olimpo.

Poseidon, o deus dos mares, que tinha pelos gregos uma grande afeição, estava irado com os rumos da guerra e pensava seriamente em fazer alguma coisa, mesmo contrariando o dirigente máximo das divindades olímpicas.

Aproveitou a distração de Zeus e, descendo da montanha de onde assistia a tudo, mandou que fossem atrelados ao seu carro de ouro dois cavalos com patas de bronze e crinas douradas. Vestiu sua áurea armadura e mergulhou para o fundo do mar. Todos os habitantes marinhos saudavam o deus à sua passagem. Chegando a uma caverna que lhe servia de cavalariça, desatrelou os cavalos e amarrou-os com cordas de ouro. Em seguida, voltou à superfície, bem junto de onde os dois exércitos se enfrentavam.

Tomando a figura de Calcas, um sacerdote e profeta, meteu-se entre os combatentes gregos e começou a gritar-lhes palavras encorajadoras:

– Não percam a coragem, nobres gregos. Os troianos não são fortes como vocês, e somente a ajuda de um deus lhes deu as vantagens desse avanço, mas agora a sorte mudará. Atirem-se todos contra o bravo Heitor e obriguem-no a recuar. Só assim a balança que oscila contra os gregos mudará de posição.

Dizendo essas palavras, Poseidon ia tocando, com seu cetro

de ouro, os guerreiros mais próximos, injetando-lhes coragem e força. Aos poucos, o rumo dos combates começou a mudar.

– Tenho certeza de que um deus favorável a nós tomou a forma de Calcas para transmitir sua mensagem. Com isso, haveremos de rechaçar os homens de Heitor e voltar a determinar os rumos da batalha – disse Ajax, filho de Oileu, rei dos lócrios, e um dos melhores guerreiros aliados.

Incansável, Poseidon percorria as fileiras dos desmoralizados helenos, incutindo-lhes bravura e vigor. Logo um vento de otimismo soprou sobre o exército em retirada. À medida que as palavras de incentivo corriam de boca em boca, organizava-se um contra-ataque.

Heitor, convicto da vitória, ficou surpreso ao topar com cerradas fileiras gregas, descansadas e prontas para agir. Obrigado a deter-se diante da compacta resistência, viu seus comandados dando sinais de que recuariam.

– Avante, guerreiros! – gritou. – Os gregos não poderão aguentar por mais tempo, ainda que tentem uma reação. Temos a proteção de Zeus e a certeza de que venceremos.

Enquanto isso, Nestor, o velho conselheiro, confinado em uma barraca na retaguarda, perdeu a paciência e saiu em busca de Agamenon. Este encontrava-se na companhia de Ulisses e Diomedes, e os três assistiam ao desenrolar da luta sem poder participar, pois estavam feridos. Os quatro homens começaram a trocar ideias sobre o que fazer diante da terrível situação. Nenhum deles tinha ideia da reviravolta que se aproximava com a oportuna intervenção do deus Poseidon.

Decidiram que, mesmo sem tomar parte nos combates, deviam incentivar os guerreiros para que a sorte dos gregos melhorasse.

No campo de batalha, Nestor, Agamenon, Diomedes e Ulisses misturaram-se aos combatentes e contribuíram para revigorar-lhes o ânimo.

E assim, graças ao auxílio de Poseidon, a sorte da guerra mais uma vez pendia em favor dos gregos.

A cilada contra Zeus

Hera, a rainha das deusas, observava o desenrolar da batalha entre os humanos, visivelmente contrariada com os revezes sofridos pelos gregos. Desagradava-lhe ver as grandes baixas de seus preferidos, enquanto Zeus, seu marido, beneficiava os troianos na batalha. Precisava tomar uma atitude antes que fosse tarde. Achou que, com astúcia, poderia interferir na guerra sem contrariar a ordem de seu marido. Sabia que o deus dos deuses era mais maleável do que aparentava e, se conduzisse bem o plano, tudo poderia dar certo.

Chamou suas várias criadas de quarto e ordenou que a banhassem com sais e perfumes aromáticos. Depois passou um creme divino no rosto e no colo e penteou os cabelos, fazendo uma trança enlaçada com fios de ouro. Vestiu o melhor e mais belo de seus trajes, prendendo-o com um broche de ouro, cravejado de pedras preciosas. Pôs um par de brincos cintilantes e cobriu a fronte com um formoso véu, leve como espuma do mar. Contemplando-se num espelho, constatou que estava realmente lindíssima, como fora em sua juventude. A graça da meia-idade dava-lhe um charme especial, e seu natural encanto era realçado por uma experiência que faltava às jovens.

Certa de que sua beleza faria estremecer o coração mais indiferente, procurou sua filha Afrodite, deusa do amor, e pediu-lhe:

– Minha filha, apesar de estar zangada comigo, pelo fato de eu apreciar mais os gregos e os proteger, quero pedir-lhe um favor.

– Ora, minha sagrada mãe, esposa do deus poderoso, nada posso recusar-lhe, se estiver ao meu alcance – respondeu Afrodite, certa de que o pedido seria algo ligado ao amor, pois a beleza e o esplendor de sua mãe indicavam isso.

Sorrindo e usando toda a sua simpatia, Hera pediu:

— Dê-me seus filtros do amor, que fazem sucumbir até os espíritos mais rebeldes, sejam eles deuses ou mortais. Preciso fazer uma visita a um casal de deuses que sempre foram muito gentis comigo. Parece-me que estão amuados um com o outro e não querem recuperar um bom entendimento. Se eu conseguir ajudá-los a se reconciliar, sei que ficarão agradecidos. Mas isso só será possível se você me der os filtros mágicos.

A deusa do amor acreditou na falsa história e respondeu:
— Não vou negar-lhe um pedido tão pequeno. Espero que sejam eficazes para essa boa ação, como já foram em outras provas de amor.

E assim, Hera saiu dali com os filtros do amor, a mais poderosa arma para sensibilizar os corações.

A rainha das deusas tinha um plano, e partiu contentíssima em busca do Sono, a quem disse:
— Meu caro amigo, você já me fez vários favores, e espero que não recuse mais este, pois sua colaboração é muito importante. Peço-lhe que adormeça Zeus quando ele estiver conversando comigo no alto do monte Ida, onde logo estaremos juntos. Ele ficará tão embevecido ao admirar-me que não notará sua aproximação. Quero que o faça dormir pelo tempo que eu ordenar. Em troca lhe darei um magnífico trono, todo de ouro, feito por meu filho Hefesto, o mais hábil e engenhoso artesão do Olimpo.

Mas o atemorizado Sono respondeu:
— Querida rainha, farei qualquer coisa que me pedir, sem colocar nenhum obstáculo, menos adormecer Zeus. Uma vez, a senhora me induziu a fazer isso, e ele, ao acordar, fez tremer todo o Olimpo e enfureceu-se comigo. Se não fosse a Noite, eu seria lançado para fora dos castelos divinos.

Hera, a bela deusa, não costumava desistir diante da primeira negativa. Com todo o seu charme e poder de persuasão, tornou a falar:
— Meu amigo, esqueça o passado. Zeus ficou furioso porque se tratava de seu filho Hércules. Agora a coisa é muito

mais simples e não atinge nenhum dos prediletos de meu real marido. Sua estima pelos troianos não chega ao ponto de fazê-lo brigar com você. Vamos, meu caro, atenda ao meu pedido e farei com que se case com a mais formosa das Graças, por quem sei que há muito está apaixonado.

O Sono cedeu. Exultante com a possibilidade de desposar a bela Aglaia, achou que valia a pena o desafio.

– Nesse caso, se jura pelas sagradas águas do Estige que cumprirá sua promessa, eu me arrisco.

A deusa fez todos os juramentos exigidos, e o Sono garantiu que na hora exata faria Zeus dormir profundamente. Em seguida, ambos voaram até o monte Ida, ocultos numa nuvem, e chegaram não muito distante de onde se encontrava o deus supremo do Olimpo. O Sono se escondeu num bosque próximo e esperou o sinal de Hera.

Não tardou para que a beleza de Hera provocasse grande surpresa e admiração no marido.

– Hera, minha bela esposa, o que veio fazer tão longe? Deseja alguma coisa de mim ou apenas ficou com vontade de me ver?

– Vim visitar uns amigos e ver se consigo reconciliá-los, pois me causa muita tristeza a desunião de um casal que sempre se amou tanto. Aproveito para avisá-lo de que estou aqui, para que não me procure em vão quando voltar ao Olimpo.

Hera já ia saindo, mas Zeus, fascinado por sua beleza, não permitiu que ela se fosse:

– Deixe essa visita para depois, embora eu a considere oportuna. Agora é mais importante que você fique junto de seu marido por alguns momentos, como devem fazer todas as esposas amorosas.

Era isso mesmo que pretendia a astuta deusa. Abraçada ao marido, fazendo-lhe voluptuosos carinhos, deixou-o tão extasiado que ele não percebia nada além de sua bela mulher. A um discreto sinal de Hera, o Sono entrou em ação. Vindo cautelosamente por trás, estendeu seu pesado manto sobre a

cabeça de Zeus, que caiu imediatamente num pesado sono.

Aproveitando o sono do esposo, a esperta deusa saiu em busca de Poseidon, o deus do mar.

– Irmão, Zeus dorme profundamente e não acordará tão cedo. Pedi ao Sono que o vigiasse enquanto você aproveita a ocasião e ajuda os gregos, antes que sejam derrotados. Sei que andou secretamente no meio das tropas dando-lhes coragem, mas isso não foi o bastante, pois os troianos se recuperaram e agora atacam com fúria.

Poseidon apressou-se a obedecê-la, pois sabia que, apesar da vigilância do Sono, Zeus não ficaria dormindo por muito tempo. O deus do mar entrou no campo e, diante das fileiras gregas, gritou para que todos o ouvissem:

– Avante, bravos guerreiros da Grécia! Não veem que os filhos de Príamo já estão quase alcançando os navios? Vamos recobrar o ânimo, pois aqui estou para lutar ao seu lado! Não precisamos de Aquiles para vencer os guerreiros de Heitor. Sigam-me, que eu os levarei à vitória!

Uma gritaria elevou-se por todo o campo. Homens levantavam-se e acompanhavam aquele invencível guerreiro.

Agamenon, Ulisses, Diomedes e o valoroso Ajax logo estavam junto de Poseidon, que, como uma intensa luz, comandava os valorosos gregos na retomada do terreno perdido.

Heitor, que pressentiu a presença de um deus entre seus inimigos, redobrou os esforços para estimular seus homens ao combate. Na primeira fila, brandindo sua pesada lança, abatia todos os que se interpunham em seu caminho. Assim mesmo, a onda de gregos, como um vagalhão furioso em alto-mar, ia empurrando os troianos para fora do terreno conquistado.

No entrechoque de armas, de súbito, Ajax e Heitor estavam frente a frente. O troiano atirou sua lança, que escorregou pelo escudo do grego sem feri-lo. Furioso com a falha, Heitor recuou em busca de nova arma, mas Ajax, aproveitando-se da vantagem, atirou-lhe uma pesada pedra, que explodiu contra o escudo e jogou-o na lama. Ferido, o herói de Troia foi carregado por seus companheiros até a primeira tenda onde pudessem medicá-lo. Inutilmente, os gregos tentaram aprisionar Heitor, pois uma barreira de guerreiros troianos, com seus escudos, protegeu o chefe na retirada.

Ainda desmaiado, retiraram-lhe a pesada armadura, e um dos curandeiros mais experientes começou a tratar de seus ferimentos.

Com alguns sais, fizeram com que Heitor recuperasse os sentidos, mas, quando ele tentou levantar-se, uma golfada de sangue negro saiu de sua boca.

Os gregos, sabendo que seu maior inimigo estava fora de combate, redobraram os esforços para obrigar os troianos a recuar para as muralhas da cidade-fortaleza.

Ao entardecer, o campo estava repleto de cadáveres, e a sorte da batalha mais uma vez pendia para o lado grego, apesar de todas as incertezas dos nove anos de lutas.

Enquanto tudo isso acontecia, Zeus dormia profundamente no alto do monte Ida, guardado de perto pelo atemorizado Sono, já arrependido de ter caído nas artimanhas da rainha das deusas.

A ira de Zeus

Algumas horas depois de ser induzido a dormir pela ação do Sono, Zeus acordou. A primeira coisa que fez foi observar o campo de batalha. Vendo que uma reviravolta dava aos gregos as vantagens de um contra-ataque fulminante, provocando com isso um recuo desorganizado dos troianos, o deus dos deuses compreendeu que, mais uma vez, havia sido ludibriado por sua astuta esposa.

Viu que o deus Poseidon auxiliava os gregos no combate, certamente induzido por Hera. Notou também que o medo dos troianos era provocado pela ação divina e, portanto, impossível de ser controlado pelos homens.

Tomado de fúria, Zeus chamou sua mulher e reprovou-a asperamente:

– Mulher falsa e trapaceira! Fez com que eu dormisse para mudar a sorte da batalha! Ousou desobedecer a minha vontade e as minhas ordens! Já se esqueceu do último castigo que lhe apliquei quando contrariou minhas determinações? Está disposta a receber nova punição?

Hera, verdadeiramente assustada com a fúria do marido, usou mais uma vez de seus encantos e sua esperteza para fugir ao castigo.

– Juro pelas águas sagradas do rio Estige que não tenho a culpa que você quer me atribuir. Se Poseidon luta ao lado dos troianos, faz isso por livre e espontânea vontade. Se os gregos vencem, é só porque são mais valentes e lutam melhor.

– Então você nada tem a ver com o que acontece na terra?

– Juro que não, meu querido esposo – a deusa fez um ar de aborrecimento. – Por que sempre pensa o pior de mim, que sou tão obediente e amorosa?

O coração do grande deus amoleceu. Acreditando que a mulher era inocente, respondeu-lhe:

– Perdoe, minha cara, mas me pareceu que era mais uma

de suas artimanhas. Fiquemos em paz, e se suas palavras são sinceras, logo tudo se arranjará. Corra e chame Apolo e Íris, pois tenho uma missão para ambos. A mensageira deve procurar Poseidon, com a ordem de cessar imediatamente as hostilidades. E o arqueiro deve procurar Heitor, para reanimá-lo e devolver aos troianos a coragem e o amor-próprio que o deus dos mares lhes tomou. Quero que a guerra tenha os resultados que eu definir, e nenhum deus está autorizado a fazer o contrário. Minha ira será maior que qualquer castigo já imaginado!

Feliz por afastar-se do furioso marido, Hera tratou de cumprir suas ordens com o máximo de presteza. Chegou ao Olimpo, onde os deuses se encontravam em assembleia. Todos saudaram a rainha com grande reverência e a convidaram para participar da reunião.

– Acabo de fugir da ira de meu marido Zeus! Outra vez tentamos contrariar suas ordens, esquecendo-nos de sua força e seu mau gênio. Agora lá está ele, imaginando os castigos que aplicará nos culpados.

Os deuses ficaram em profundo silêncio. Conheciam o terrível gênio de Zeus, mas sabiam também que sua mulher era especialista em intrigas, que, ao final, resultavam em aborrecimentos para todos.

Chamando Íris e Apolo de lado, Hera transmitiu-lhes as ordens divinas. Nenhum dos dois pensou duas vezes em cumpri-las, partindo do Olimpo como flechas e caindo no campo de batalha.

O arqueiro Apolo encontrou Heitor sentado sobre o catre, ainda fraco e com visíveis sinais de estar sentindo grandes dores.

– Que faz aí, Heitor, filho do rei Príamo? Por que não está liderando seus bravos guerreiros no campo de luta? Está doente ou lhe falta a coragem necessária para prosseguir na guerra?

Com a voz fraca e visivelmente irritado com as duras palavras do recém-chegado, Heitor retrucou:

— E quem é o senhor, deus impiedoso, para visitar minha tenda com tão duras palavras? Acaso não sabe que Ajax me feriu com uma grande pedra e me tirou de combate?

— Sei disso tudo, pois sou Apolo e vim a mando de Zeus, que está descontente com os rumos dos combates. Você sabe que eu, o deus da espada brilhante, muitas vezes salvei sua vida. Agora venho novamente para o seu lado, para lhe trazer força e coragem. Chame seus companheiros e volte para o campo, pois terá minha proteção.

De um salto, o chefe troiano tomou sua armadura e, com a lança na mão, saiu em busca de suas tropas.

O ímpeto dos gregos esmoreceu quando viram Heitor liderando novamente a vanguarda dos guerreiros de Troia. O avanço que os gregos vinham mantendo foi interrompido de repente, e um frêmito de medo percorreu suas tropas. Era a insidiosa ação de Apolo sobre o ânimo inimigo.

Heitor logo organizou seus combatentes em linhas compactas para aparar os golpes gregos e retomar a ofensiva. Com frases de estímulo e abatendo cada inimigo que chegasse ao alcance de suas armas, o bravo comandante devolveu a coragem e o espírito combativo aos troianos.

Como alguns guerreiros demoravam para retirar as armas e couraças dos adversários abatidos, Heitor enfureceu-se:

– Ataquemos os navios! Deixem que a retaguarda se aposse dos despojos dos inimigos! Nossa missão é incendiar e destruir as embarcações gregas!

Para facilitar o avanço dos troianos, Apolo deitou abaixo as muralhas que os gregos tiveram tanto trabalho para construir e aplainou o terreno por onde passariam os carros de combate. Aos gregos só restou recuar, combatendo até as praias onde estavam ancorados seus navios.

Aquiles permite que Pátroclo combata

As tropas troianas aproximavam-se de seu objetivo. A esquadra inimiga já estava quase ao alcance das tochas carregadas pela vanguarda liderada por Heitor. Logo ateariam fogo aos navios e decidiriam o final da guerra.

Gritando para animar seus homens, Heitor combatia com a fúria de cem guerreiros.

– Avante, meus bravos! Já temos a vitória nas mãos. Zeus está do nosso lado e nos protege. Alcançará a glória aquele que morrer pela pátria! Os nomes dos que caírem serão abençoados e honrados pela invencível Troia!

Como uma avalanche, os homens se precipitavam contra os gregos, que, desmoralizados, recuavam, procurando proteção nos navios. Ajax, o valente guerreiro heleno, tentava incutir coragem aos seus companheiros, pois antevia uma debandada vergonhosa. Seu maior empenho era impedir que os homens com as tochas se aproximassem das embarcações. Ele sabia que, iniciado o incêndio, nada mais poderia conter as chamas no madeirame seco. Em dado momento, sua resistência fraquejou, e ele viu os primeiros troianos subirem para a popa de um dos navios mais próximos.

Pátroclo, que assistia a tudo, sentia enorme angústia pela iminente derrota grega. Incapaz de se controlar, correu para a tenda de Aquiles. Quando encontrou o inseparável amigo, não conseguiu conter as lágrimas.

– Por que está chorando, meu amigo? – perguntou Aquiles. – Será por causa dos gregos, que estão prestes a perder toda a frota, destruída pelo fogo troiano?

– Aquiles, meu caro, não posso deixar de lamentar a enorme desgraça que desaba sobre os bravos aliados! É incontável o número de mortos que se espalha pelos campos! Ulisses, Diomedes e até mesmo o grande Agamenon estão feridos e fora de combate. Os infelizes gregos já não têm quem os conduza, e você se nega a combater! Não se importa com a morte de tantos amigos? Não o comove assistir à derrota da grande Grécia?

Aquiles, que ouvia em silêncio, respondeu, indignado:

– O que está dizendo? Por acaso esqueceu o quanto fui ofendido por Agamenon? E também que ele se apoderou do que me pertencia?

Andando furiosamente pela tenda, o bravo Aquiles agitava os braços enquanto falava. Depois, acalmando-se, continuou:

– É verdade que sofro com os reveses de nossa gente e sinto grande ansiedade por não estar lutando, mas não posso contrariar minha própria promessa de só entrar em combate depois que o rei me pedir desculpas e devolver o que me tomou.

– Sua indignação é justa, mas é terrível que todo um povo seja humilhado pelo erro de um rei! Permita, meu amigo, que eu conduza os bravos mirmidões em socorro dos gregos! Assim não quebrará sua palavra, mas permitirá que salvemos nosso povo.

Aquiles pensou longamente. Seu coração fraquejava diante das súplicas de Pátroclo, porém seu incontido orgulho ainda falava mais alto.

– Quer que meus bravos se lancem a uma batalha que não lhes trará glórias nem despojos? Que morram em defesa de um rei que os despreza?

– Não, meu irmão, quero que nossos homens combatam em sua própria honra. Que sejam superiores aos mesquinhos procedimentos do rei Agamenon e mostrem, no campo de batalha, o quanto valem.

Emocionado com tamanha prova de lealdade, Aquiles ordenou:

– Está bem. Não posso negar o pedido de um amigo como você. Vá, tome minhas armas, envergue minha armadura, que foi confeccionada por Hefesto e é imune aos golpes das lanças inimigas, e conduza os bravos mirmidões ao combate. Cumpra, no entanto, minhas instruções: uma vez afastados os troianos, volte com nossos homens. Não permito que persiga o inimigo, pois essa tarefa é de Agamenon. Não esqueça que os deuses protegem os troianos, e o arqueiro Apolo certamente tirará sua vida se você prosseguir até as muralhas de Troia.

Aquiles saiu do acampamento e, gritando com sua potente voz, organizou as tropas, entregando-as ao comando do amigo e recomendando que seus homens procedessem como se ele mesmo estivesse à frente do exército.

Logo o exército dos mirmidões, com Pátroclo na dianteira, estava formado em linha de combate.

Quando o exército partiu, Aquiles entrou em sua tenda e abriu um sólido cofre, cheio de incrustações em ouro, que fora presente de sua mãe, a deusa Tétis. Retirou dele uma

magnífica taça, na qual ninguém, além dele, podia beber. O herói purificou-a com água límpida do rio Estige e encheu-a de vinho. Então, ereto no centro da tenda, dirigiu-se ao deus olímpico com estas palavras:

– Ó Zeus, rei de todo o Olimpo! Acabo de mandar para a frente de luta meu melhor amigo, o bravo Pátroclo. Dê-lhe a vitória, se ele mostrar a bravura de sempre. Faça com que volte são e salvo com seus companheiros de armas e que honre os que tombarem no campo de batalha.

Cinquenta navios faziam parte da frota de Aquiles, e em cada um vinham cinquenta homens bem armados. Cinco chefes comandavam cada grupo. Todos, porém, estavam sujeitos ao comando de Pátroclo.

– Bravos companheiros – exclamou Pátroclo –, por ordem de Aquiles, devo comandá-los neste combate! Peço que lutem com toda a coragem para honrar o filho de Peleu, o melhor de todos os helenos! A cegueira de Agamenon não permitiu que o próprio Aquiles aqui estivesse, pois o ultraje foi maior que todas as ofensas recebidas por um nobre guerreiro! Mas nós, valentes mirmidões, haveremos de mostrar que nossa coragem está acima da mesquinhez do rei. Vamos vencer a batalha por nós mesmos! Para demonstrar aos demais gregos que somos superiores ao monarca arrogante que está sendo derrotado pelos troianos.

Ajax, na frente grega, havia perdido as esperanças. Extenuado e com vários ferimentos, só esperava o golpe fatal de algum inimigo mais arrojado. Seus braços já não podiam mais segurar o escudo e a lança, tamanho era o cansaço que dificultava seus movimentos. Os troianos haviam conseguido incendiar um dos navios mais próximos e, com grande algazarra, avançavam para os seguintes. As altas labaredas iluminavam o campo e se alastravam rapidamente. Os homens comandados por Heitor ganhavam terreno, e o comandante grego via que, se não acontecesse um milagre, logo seriam todos passados pelo fio da espada troiana.

Quando já desfalecia, incapaz de impedir o avanço troiano, Ajax ouviu o característico toque das buzinas dos mirmidões. Pensou que estivesse sonhando ou tendo uma alucinação. Sabia que Aquiles jamais lutaria ao lado dos gregos, e esse som só poderia ser fruto de uma atroz brincadeira de algum deus inimigo.

Um segundo e um terceiro toques, seguidos dos gritos de guerra de Pátroclo, deram a certeza ao desesperado guerreiro de que alguma coisa extraordinária estava acontecendo. Não demorou para que uma onda de lanças e espadas viessem emparelhar com seus enfraquecidos combatentes, e logo o entrechoque de armas explodiu em toda a frente. Pátroclo lutava como um demônio, e as lacunas nas fileiras troianas começaram a aumentar.

Por fim, ao entardecer, como sempre acontece nas batalhas campais, os troianos passaram a ceder terreno, e os gregos, a avançar irresistivelmente.

Mais uma batalha, mais uma carnificina, mais alguns mortos ilustres e mais uma disputa entre os deuses do Olimpo. Mais um dia em que a guerra voltou à estaca zero. Só o futuro determinaria o vencedor desse longo e sangrento confronto.

A morte de Pátroclo

Na madrugada seguinte, como se fosse um dia de festa, os dois exércitos prepararam suas armas e se postaram no campo de batalha para mais uma jornada de morte e sofrimento.

Pátroclo, que ocupava a biga de Aquiles, guiada por seu auriga preferido e puxada por uma parelha de cavalos imortais, fazia com que os troianos fugissem amedrontados diante da fúria de suas armas. Entusiasmado com as sucessivas vitórias, foi conduzindo seus homens na direção das muralhas do inimigo, esquecendo-se das recomendações de Aquiles.

Naquele instante, tinha apenas um pensamento: conquistar Troia. E teria realizado seu intento, não fosse Apolo ter recebido ordens do próprio Zeus para defender a cidade contra qualquer ataque. Por três vezes, o arqueiro divino repeliu o ataque de Pátroclo, que tentava romper a resistência em um dos lados da fortaleza. Afinal, irritado, Apolo gritou:
– Retire-se, Pátroclo! Seus esforços para entrar na indestrutível Troia são inúteis. O próprio Aquiles, que é muito mais forte que você, não conseguirá conquistá-la!

Reconhecendo a voz do deus, Pátroclo retrocedeu prudentemente, embora continuasse com o propósito de conquistar a cidade. Apolo sabia de seu plano e, por isso, procurou Heitor, disfarçado de um simples guerreiro:
– Heitor, venho mandado por um deus que o quer protegido e vencedor. Avance contra Pátroclo e tente dominá-lo. Talvez o deus do arco de prata o auxilie.

O bravo troiano sentiu que a mensagem era verdadeira. Subiu em seu carro de combate e mandou que o condutor o guiasse rumo às portas da cidade, onde lutava o pelotão avançado de Pátroclo.

Logo os dois estavam frente a frente. Pátroclo desceu do carro e, empunhando a lança, esperou. Como o condutor do carro troiano tentou atropelá-lo, atirou-lhe uma pedra, que o atingiu na cabeça e o derrubou da biga. Heitor também saltou do carro, e ambos se confrontaram como dois leões enfurecidos, cada um tentando atingir o outro com a lança pontiaguda. Em torno deles, os combates se generalizavam, cada lado procurando proteger seu chefe e abater o maior número de inimigos. Por sobre as cabeças, uma nuvem de flechas se cruzavam com seus sibilos aterradores.

Durante todo o dia, gregos e troianos trocaram golpes e mataram-se mutuamente como se estivessem realizando uma tarefa agradável. Quando a tarde caía, Apolo, impaciente com a demora para que sua vontade fosse satisfeita, meteu-se entre os combatentes e, atacando Pátroclo pelas costas, aplicou-lhe violento golpe na espádua, derrubando-o quase desfalecido. Mais um golpe de lança, desfechado por um jovem guerreiro troiano, feriu-o acima da cintura. Não era um ferimento mortal, e, quando tentou levantar-se, foi visto por Heitor, que lhe trespassou o corpo com o fio de sua espada.

– Então, Pátroclo?! – zombou o líder troiano. – Você queria saquear a bela Troia e levar para o seu país nossas riquezas e nossas mulheres? Pobre infeliz! Não pensou que eu aqui estaria para impedir seu funesto e louco sonho? Nem mesmo Aquiles, que é conhecido por sua bravura, poderá agora salvá-lo!

Pátroclo, moribundo, ainda conseguiu responder com voz fraca:

– Gaba-se em vão, Heitor! Não foi você quem me venceu. Apolo atacou-me pelas costas e permitiu que eu fosse golpeado por um simples guerreiro. Você não tem sequer direito aos meus despojos. Graças aos deuses, estou prestes a morrer, senão nem vinte de seus melhores homens conseguiriam derrotar-me. Ouça minhas últimas palavras, orgulhoso guerreiro.

A morte já o elegeu para sua presa. Logo cairá sob os golpes do invencível Aquiles! Este é meu vaticínio!
E assim morreu Pátroclo, o bravo amigo de Aquiles.
Heitor não levou a sério as palavras finais do inimigo. Seu desejo era tomar o carro de Aquiles e seus cavalos imortais. O cocheiro, no entanto, vendo que nada mais podia fazer por Pátroclo, tratou de disparar na direção das linhas gregas.

A disputa pelo corpo de Pátroclo

Os gritos de triunfo dos troianos atraíram Menelau, que se aproximou para verificar o que acontecia. Um pequeno grupo cercava o cadáver do bravo soldado heleno, esperando as ordens de Heitor. Fazendo uso de sua lança e afastando os guerreiros de Troia a golpes de escudo, chegou junto do morto. Queria carregar o corpo do amigo, antes que fosse despojado de sua armadura e armas. Os troianos afastaram-se, pois temiam o rei grego. Heitor desistiu de perseguir o carro de Aquiles e voltou imediatamente ao ver Menelau ao lado do corpo inerte de Pátroclo.

O monarca grego defrontou-se com um terrível dilema: se fugisse, estaria deixando o corpo de um bravo nas mãos dos impiedosos guerreiros de Heitor, que o violariam. Se ficasse, certamente seria abatido. Assim mesmo, permaneceu firmemente onde estava. Gritou, pedindo ajuda a seus aliados, esperando que Ajax também estivesse entre eles. "Juntos, Ajax e eu poderíamos resistir a esses troianos e levar de volta o corpo de nosso companheiro."

Mas ninguém veio em seu auxílio, e ele viu-se obrigado a recuar, abandonando o cadáver do valente soldado grego.

Heitor aproveitou para retirar do corpo de Pátroclo a armadura de Aquiles, que sabia ser obra de Hefesto e, portanto, uma valiosíssima presa de guerra. Quem envergasse aquela proteção poderia considerar-se imune aos golpes dos inimigos. O desespero tomou conta de Menelau, que correu à procura de Ajax para tentar recuperar pelo menos o corpo do guerreiro morto.

– Vamos, meu caro – pediu Menelau. – Temos de resgatar o cadáver de Pátroclo, antes que seja desonrado pelos cruéis adeptos de Troia. Vi Heitor apossar-se da couraça e das armas de Aquiles, e já as considero perdidas. Porém, é nosso dever levar para a Grécia o corpo desse bravo combatente, para que seja homenageado e chorado por seus companheiros e familiares.

De fato, Heitor já se aproximava com a espada em punho, pronto para decepar a cabeça do morto, quando foi interrompido pela chegada de Ajax, que, mais jovem e ágil, corria em sua direção. Prudentemente, o chefe troiano recuou, pois em sua biga levava outros troféus mais valiosos e não queria perdê-los. A salvo, tratou de desfazer-se de sua própria armadura e vestiu a de Aquiles, levando também as armas tiradas do falecido.

Do alto do monte Ida, Zeus, que a tudo assistia, irritou-se com o desrespeito praticado pelo troiano. "Desgraçado! Enverga a sagrada armadura do divino Aquiles, como se isso fosse permitido a um simples mortal. Você ainda conquistará algumas glórias, mas, ao final, não poderá levar até Andrômaca esse despojo." Assim pensando, o deus olímpico incutiu grande força e coragem ao corpo de Heitor, para que voltasse ao campo de batalha demonstrando ainda mais bravura.

Magnífico em sua brilhante couraça, Heitor passeou pelo campo de batalha, sob o espanto dos dois lados contendores. Novo ânimo foi injetado nos troianos, sentindo que esse era um bom presságio, enquanto os gregos ficaram furiosos e mais combativos com o insulto praticado contra o príncipe heleno, o divino Aquiles.

Confinado ao seu acampamento, Aquiles ainda ignorava a morte de seu amigo. Os gregos já combatiam longe dos navios e também de suas vistas. Nenhum emissário havia chegado depois dos primeiros embates, e o divino príncipe não tinha nenhum mau pressentimento. Pelo contrário, acreditava que Pátroclo voltaria cheio de vida e coberto de glórias. Tétis, sua mãe, que sempre lhe comunicava os grandes acontecimentos, nada lhe dissera sobre a perda de seu melhor e mais querido companheiro.

No campo de batalha, a luta continuava, e ambos os lados se empenhavam pela posse do corpo do infeliz Pátroclo, que jazia estendido entre outros mortos. Finalmente, Menelau e Ajax, num supremo esforço, conseguiram colocar o falecido sobre uma biga e, defendendo-se furiosamente das investidas troianas, voltaram às linhas gregas.

O desespero de Aquiles

Preocupado com a demora das notícias, Aquiles caminhava perto dos navios de sua esquadra, enquanto esperava a volta de um mensageiro que havia mandado ao encontro de Pátroclo.

Depois de uma espera que parecia não ter fim, chegou o seu enviado, que, chorando, atirou-se aos seus pés e contou:

– Nobre filho de Peleu, é trágica a notícia que trago dos campos de luta! Pátroclo caiu em combate, e Heitor, o chefe troiano, despojou-o de suas armas e de sua armadura! Agora mesmo, Menelau e Ajax, os dois bravos, trouxeram de volta seu corpo!

Ao ouvir tão triste notícia, Aquiles jogou-se no chão e, batendo com a cabeça no solo, chorou e lastimou-se como jamais fizera antes. Tétis escutou essas lamentações e apressou-se a acudi-lo:

– Meu filho, por que chora? Conte-me o que se passou. Não obtive de Zeus que os gregos sofressem muitas perdas pelas ofensas que lhe fizeram e sentissem o quanto você é necessário nesta guerra?

– De que tudo isso me valeu, se perdi meu melhor amigo diante dos troianos? De agora em diante, quero viver só pela vingança! Heitor há de pagar com a vida pela morte de Pátroclo!

A deusa censurou-o:

– Não fale assim, meu filho! Não sabe que seu destino está ligado ao de Heitor? E que, quando ele morrer, você logo o seguirá?

Aquiles, entre lágrimas, retrucou:

– Pois que eu morra, minha mãe, já que fui o causador da morte de meu amigo. Maldita a hora em que permiti que ele fosse combater em meu lugar. Não me conformo de não ter previsto que, mesmo cheio de coragem, Pátroclo não possuía a força nem a experiência dos guerreiros mais antigos! Irei ao encontro de Heitor, e pouco me importa morrer, se antes puder atravessá-lo com minha lança. Não procure dissuadir-me, minha mãe, pois logo irei para a frente de batalha!

– Meu filho, aceito que vingue a morte de seu amigo e livre os gregos da derrota final. Mas não pode combater sem armas, e as suas se acham em poder de Heitor. Espere, pois amanhã lhe trarei outra armadura e outras armas, que Hefesto forjará especialmente para você.

No campo onde os dois exércitos se dizimavam mutuamente, Hera resolveu abreviar aquele dia calamitoso. Fez com que o sol se pusesse antes da hora habitual. Assim, os extenuados homens de ambos os lados puderam descansar e cuidar dos mortos e feridos.

Contrafeito com esse acontecimento, Heitor ordenou que seu exército recuasse até junto das muralhas da cidade, pois anteviu no prematuro escurecer a ação de algum deus simpático aos gregos.

As novas armas de Aquiles

Os gregos passaram a noite chorando a morte de Pátroclo. Aquiles não deixava de lastimar tamanha perda. De pé, no meio dos guerreiros, lamentava:

– Eu havia prometido a Menécio, pai de Pátroclo, que o levaria para casa são e salvo, além de coberto de glórias. Prometi ricos despojos, que haveríamos de tomar depois de derrotar a orgulhosa Troia. Os deuses resolveram não satisfazer os desejos dos mortais, e, por isso, ele agora está morto. Sei que também não voltarei para o palácio de Peleu, meu pai, pois estou destinado a morrer longe da pátria. Mas não descansarei enquanto não matar Heitor, embora saiba que isso será o prenúncio de minha própria morte.

Depois, ordenou que o corpo de Pátroclo fosse preparado para as cerimônias fúnebres. Deveria ser untado com os mais perfumados óleos e vestido com roupas finamente bordadas.

No Olimpo, a mãe de Aquiles foi em busca de Hefesto, o ferreiro dos deuses. Chegando à sua casa, foi recebida por Cáris, a bela esposa do artesão.

– Ó deusa que tanto quero bem, qual o motivo de sua amável visita?

Tétis pediu a presença de Hefesto e contou-lhe o que se

passava na terra, desde a desavença de seu filho com o rei Agamenon até a morte de Pátroclo e a perda das armas de Aquiles para Heitor. Em seguida, pediu ao ferreiro celestial que fizesse novas e melhores armas para seu filho.

– Tétis, deusa do Olimpo, não há ninguém a quem eu tanto estime e venere. Foi você que me salvou, escondendo-me numa gruta do oceano, quando minha mãe, a divina Hera, quis precipitar-me do Olimpo por eu ter nascido coxo. Por isso nada lhe posso negar. Não se aflija, que hei de fabricar uma armadura tão magnífica que fará todos os homens se espantarem com seu brilho e fortaleza. Farei o elmo, o escudo e a lança como só os verdadeiros heróis podem e merecem usar!

A deusa das águas voltou ao Olimpo satisfeita, pois estava certa de que o divino ferreiro cumpriria sua promessa.

Hefesto, o deus que tinha por destino e profissão armar os guerreiros que merecessem tal honraria, logo começou o trabalho que, ele sabia, seria melhor e mais perfeito que qualquer outro saído de sua forja.

Quando o trabalho estava concluído, entregou-o a Tétis, pois era dela que Aquiles deveria recebê-lo. Logo ela partiu ao encontro do filho.

A reconciliação entre Aquiles e Agamenon

Aquiles recebeu o presente das mãos de sua mãe e ficou maravilhado. Não cansava de admirar o magnífico trabalho realizado pelo deus ferreiro.

– Ninguém poderá duvidar que tais armas só poderiam sair das oficinas celestes. São realmente um trabalho digno de Hefesto. Vou vestir a armadura e empunhar as armas imediatamente, pois estou ansioso para lançar-me ao combate.

O rancor e o espírito belicoso de Aquiles renasceram com redobrado ímpeto. O desejo de vingança e de castigar Heitor pela morte do amigo voltaram a se apossar do jovem guerreiro. Estava disposto até mesmo a se reconciliar com Agamenon, se isso fosse necessário para participar dos combates.

O valente filho de Tétis mandou convocar seus comandantes para uma assembleia. Na mesma hora, os mais destacados chefes do exército estavam reunidos, pois todos queriam uma solução para a estranha situação de estar numa frente de guerra sem dela participar.

Não foi preciso nenhuma discussão nem houve qualquer voz discordante quando Aquiles informou que desejava fazer as pazes com o rei Agamenon e voltar a lutar contra os troianos. Todos estavam de acordo e deram demonstrações de alegria, soltando altos gritos de guerra e batendo ruidosamente com as lanças nos escudos.

Em seguida, acompanhado por alguns de seus comandantes mais eminentes, Aquiles procurou a tenda de Agamenon.

– Glorioso rei, melhor seria para nós e para nossa pátria se nunca tivéssemos quebrado nosso pacto de amizade. Devíamos ter sabido dominar nossos impulsos e evitar que o ódio e a discórdia imperassem em nossos corações. Teríamos impedido muitas desgraças e derramamento de sangue. Mas o que está feito foi obra dos deuses, e nada poderia mudar esse destino. Por isso, deixemos o passado e tratemos do presente. De minha parte, não guardo ressentimentos e conto com sua benevolência. Devemos ir juntos ao combate e desbaratar as forças troianas, que agora ameaçam nossos navios. Esta é minha vontade, e o mesmo espero do rei dos gregos!

Um murmúrio de aprovação correu por todos os presentes. Alguns chefes gregos, mais entusiasmados, gritaram de alegria. Agamenon levantou-se do assento onde ouvira calado o discurso do jovem e, solenemente, declarou:

– Meus amigos e prezados guerreiros – disse ele –, se aconteceu uma desavença entre mim e Aquiles, foi por vontade dos deuses. Nós, simples mortais, nada podemos fazer contra a vontade divina. Agora é também por determinação deles que o bravo Aquiles vem até minha tenda e declara o firme propósito de reatar nossa amizade e voltar a combater ombro a ombro junto das tropas gregas. Todos sabemos que a situação é difícil para nossos bravos, que lutam valentemente, e a força e a coragem de Aquiles serão indispensáveis para mudar nossa sorte. Portanto, é com alegria que recebemos o grande chefe dos mirmidões e todos os seus aliados para a custosa tarefa de derrotar as forças de Heitor de Troia. Como prova de meus bons propósitos, mandarei ricos presentes para a tenda do corajoso filho de Peleu.

– Seus presentes agora me são indiferentes, porque há um momento certo para tudo. Mande armar seus guerreiros e ordene que sigam para a frente, pois é lá que estarão meus seguidores dentro de pouco tempo. – Apesar do seu esforço, Aquiles já começava a irritar-se com o rei.

Ulisses, que conhecia muito bem o gênio incontrolável do outro, interferiu com a calma que lhe era peculiar:

– Aquiles, você é o maior guerreiro entre todos nós, mas peço-lhe que aceite minha opinião, já que sou mais velho e mais experiente. Primeiro vamos nos organizar prudentemente e estabelecer uma tática de combate, para depois atacar os troianos. Com esse procedimento, evitaremos muitas mortes, e serão mais garantidos os triunfos.

Aquiles conformou-se, pois gostava de Ulisses, e acatou as sensatas palavras do amigo. Resolveu que, antes de qualquer coisa, deveria fazer uma prece em louvor de Pátroclo, bem como oferecer as vitórias vindouras à sua memória. Recolhendo-se para o interior de sua tenda, levantou os braços para o céu, na direção de onde julgava estar o monte Olimpo, e fez uma oração silenciosa. Depois, mais reconfortado, voltou a reunir-se com seus bravos.

Do Olimpo, Zeus teve pena dele e mandou que Palas Atena fosse ao seu encontro e lhe renovasse as forças e o valor.

Aquiles, apesar de não poder ver a deusa, percebeu sua presença, e logo um enorme ardor bélico tomou conta de seu espírito. A deusa sentiu que devia dar um conselho ao jovem e segredou-lhe na mente: "Aquiles, hoje você irá combater e voltará vitorioso e cheio de glórias, mas não esqueça que o dia de sua morte não está longe. Será vencido por um deus e por um homem, e nada poderemos fazer para mudar seu destino, pois ele já está escrito".

Pensando ouvir a voz da deusa, o guerreiro respondeu:

– Conheço meu destino, e é desnecessário advertir-me a esse respeito. No momento, só penso em derrotar os troianos e vingar a morte de meu amigo Pátroclo.

E, com passos firmes, adiantou-se para dar a ordem de combate aos seus comandados.

Eneias enfrenta Aquiles

Os dois exércitos, frente a frente, tinham tudo preparado para o início de mais um enfrentamento. O barulho de armas, os gritos de ordens e o rufar de tambores eram ensurdecedores.

Do alto do monte Olimpo, Zeus convocou os demais deuses para uma reunião urgente. Os acontecimentos entre os mortais começaram a preocupar o grande deus:

– Estou apreensivo, deuses imortais de meus reinos olímpicos. O vencedor da guerra entre os que há tanto se batem sem definição está prestes a se decidir. Gosto de ver como se enfrentam os dois exércitos, mas receio que Aquiles tenha feito pender a balança para os gregos, e isso não está marcado no livro do destino. Ainda deve correr um extenso tempo antes que Troia caia. A cidade será arrasada, e seus ricos despojos farão parte dos tesouros gregos, quando o destino assim o determinar. Por isso resolvi que todos os deuses devem intervir, cada um de seu lado preferido. Para que ninguém diga que protegi um grupo em prejuízo do outro, libero a todos. Que a sorte decida quem merece vencer a próxima batalha, que não será a última.

Os deuses, que em sua eterna indolência não esperavam outra coisa, desceram imediatamente para a terra em defesa de seus prediletos.

Hera, Poseidon, Hermes e Hefesto foram postar-se ao lado dos gregos. Para o campo troiano foram Ares, Apolo, Ártemis e Afrodite.

Logo, com a interferência divina, a guerra se tornaria ainda mais sangrenta, pois os deuses, independentemente do campo que defenderiam, tinham especial predileção pelo morticínio.

Os gregos, até então, avançavam contra as debilitadas tropas troianas sem serem detidos. Quando os deuses se meteram no campo de batalha, estabeleceu-se grande confusão. Ares soltava gritos aterradores, estimulando os troianos a resistir. Enquanto isso, Palas Atena, com seus mágicos poderes, guardava o fosso que protegia os gregos, aumentando-lhe a profundidade e a largura. Poseidon fazia os rios transbordarem, impedindo o avanço das tropas de Heitor, e Apolo, em contrapartida, lançava chuva de setas sobre o exército grego com seu fantástico arco de prata.

Na frente de seus homens, Aquiles ansiava por defrontar-se com Heitor, mas foi Eneias quem o interpelou, conduzido por Apolo. Tomando a forma de um dos filhos de Príamo, o deus arqueiro falou:

– Vá, Eneias, e enfrente Aquiles. Afinal, se ele é filho de uma deusa, você também é, pois sua mãe é Afrodite, a filha de Zeus. Sua linhagem é superior à de Aquiles, que foi gerado por Tétis, uma filha do oceano. Avance contra ele e não tema sua força, pois poderá ser vencida.

Eneias, porém, não se convenceu. Sabia que teria poucas chances de derrotar o maior guerreiro grego, e desconfiou que seu estranho conselheiro não passava de um deus disfarçado, querendo sua desgraça. Mesmo assim, avançou e, ficando diante das fileiras troianas, levantou sua lança, provocando Aquiles.

Logo, ambos estavam frente a frente, e, do alto do Olimpo, os deuses a tudo assistiam, cada um preocupado com a sorte de seu favorito.

O primeiro a atacar foi Eneias. De lança em riste, atirou-se sobre o adversário, mas seu golpe alcançou o vazio, já que Aquiles, com um movimento quase desdenhoso, desviou a arma e falou:

– Eneias, por que se atreve a cruzar armas comigo? Sabe que posso vencê-lo, do mesmo jeito que o faria com um bebê, e assim mesmo arrisca a vida tão estupidamente? Volte para junto de seus companheiros e declare a todos que foi poupado pelo invencível Aquiles. Não será nenhuma desonra, e você continuará vivo.

Eneias ficou furioso:

– Você não me amedronta com suas palavras, filho de Peleu. Seus insultos caem na lama, onde estará seu corpo, assim que eu o atravessar com minha lança.

E, erguendo o braço, atirou a lança, que foi cravar-se no escudo de Aquiles sem sequer perfurá-lo. As forjas de Hefesto tinham produzido um escudo invulnerável.

Aquiles contra-atacou. Sua lança atravessou o escudo de Eneias, mas não chegou a atingir o corpo do herói. Irritado, Aquiles sacou da espada e avançou. Eneias apanhou uma pesada pedra e ficou aguardando. Poseidon, por sua vez, não quis esperar o resultado. Vendo que o troiano seria abatido, lançou uma névoa sobre os olhos de Aquiles e suspendeu Eneias, levando-o para um lugar seguro, longe das linhas de frente.

Aquiles viu que tinha sido enganado e exclamou, contrariado:

– Vejo que os deuses também protegem o fraco Eneias e me impedem de matá-lo! Não faz mal, ainda existem muitos guerreiros para sentir os golpes de minha lança e o fio de minha espada. – Como um louco, arrojou-se sobre os troianos e foi fazendo vítimas, que caíam como o trigo sob a foice de um ceifeiro. Um dos mortos foi Polidoro, o mais moço dos filhos de Príamo e irmão de Heitor.

Quando o chefe troiano viu o irmão caído, ficou furioso e precipitou-se contra o filho de Peleu.

– Aí está quem matou meu melhor amigo! – gritou Aquiles. – Os deuses me atenderam, pois agora vou acabar com você! Se tem pressa de morrer, venha atacar-me, Heitor.

Mas Apolo, que presenciava tudo, não permitiu que o encontro se realizasse. Ele sabia que Heitor não poderia vencer Aquiles e, por isso, produziu um grande nevoeiro, que escondeu um do outro.

Inconformado, o jovem guerreiro heleno voltou-se e atacou todos os que se interpunham em seu caminho, provocando uma enorme carnificina entre os troianos. Somente quando seu braço já não podia mais levantar a lança nem segurar o escudo foi que se deu por satisfeito e voltou para a retaguarda.

Do alto, os deuses assistiam ao desenrolar dos novos acontecimentos sem interferir. Temiam aumentar ainda mais as desgraças que cada lado da disputa sofreria caso continuassem a ajudar seus preferidos.

No campo de batalha, as exauridas tropas gregas e troianas esperavam ansiosamente o cair da noite para desfrutar de merecido descanso.

A batalha junto do rio Xanto

Aquiles e seus mirmidões, na vanguarda do exército grego, bateram os troianos, que, em debandada, recuaram até as margens do caudaloso rio Xanto. Esse rio, dizia a lenda, nascia no sopé do monte Olimpo e corria pelas planícies até lançar suas águas no mar Egeu. Com muita habilidade, Aquiles obrigou os troianos a fugir por um caminho que levava inevitavelmente ao rio sagrado, pois lá estariam bloqueados e seriam exterminados pelos gregos.

Apavorados, os guerreiros de Heitor se lançavam nas turbulentas águas do rio, embora sua sorte não fosse melhor que diante das lanças dos cruéis comandados de Aquiles. Homens, carros e animais eram tragados pelo turbilhão e sumiam nas águas vorazes do Xanto. Quem hesitava era abatido pela sedenta espada do chefe grego, que parecia insaciável de sangue inimigo. Seu objetivo, no entanto, ainda não tinha sido alcançado: enfrentar Heitor e matá-lo, vingando a morte de Pátroclo.

Percorrendo as margens do rio, Aquiles procurava mais vítimas, quando viu arrastar-se para a margem um jovem guerreiro, despojado da armadura e desarmado. Havia lutado contra as correntezas do rio e conseguira salvar-se depois de muito nadar.

– Ora, quem vejo surgindo das águas como um peixe fisgado! O grande Licaon, filho de Príamo e irmão de Heitor, a quem já venci uma vez e agora volta a estar diante de mim, entregue pelas águas do rio sagrado! Se conseguiu escapar uma vez, agora não fugirá de minha lança.

As ameaças do impiedoso Aquiles fizeram tremer de medo o pobre guerreiro:

– Ó grande Aquiles! Aqui estou como um simples suplicante, já que sem armas nem couraça não poderia me colocar diante de você. Poupe minha vida e leve-me como prisioneiro, que isso lhe renderá um bom resgate, pois meu pai não deixará de pagar o que exigir por minha liberdade.

Licaon tentou comover o inflexível inimigo, mas ouviu uma resposta que lhe tirou todas as esperanças:

– Pouco me interessa o resgate por sua vida. Enquanto Pátroclo vivia, eu acreditava que devia poupar os troianos e vendê-los como escravos. Agora penso diferente. Afinal, meu destino também está traçado, e não me lamento. Nem você deve fazê-lo. Meu dia chegará em breve. Por que devo poupá-lo então?

Dizendo isso, enterrou a espada no peito do infeliz.

– Somente deixarei algum troiano com vida depois que julgar ter vingado plenamente a morte de Pátroclo. Antes disso, ai daquele que estiver ao alcance de minha lança – completou Aquiles.

E, correndo como um possesso pela margem do rio, foi matando todo troiano que encontrava pela frente. Não contente, saltou para dentro do rio e foi passando pelo fio da espada cada infeliz que lutava para não ser arrastado ao fundo com o peso da armadura.

O rio sagrado foi tomado de incontida fúria contra aquele que ousava profaná-lo. Encrespando o dorso, inundou toda a planície com suas águas revoltas. Aquiles tentava livrar-se daquela perigosa situação, mas seus pés afundavam na lama, e a pesada armadura impedia seus movimentos. A água ia levando-o de roldão pela ribanceira. No último instante, conseguiu agarrar-se ao tronco de uma árvore e, com enorme esforço, arrastou-se até um lugar seguro. Logo correu pela planície na direção de suas tropas, mas o rio Xanto ainda não estava satisfeito. Uma onda enorme saiu em perseguição do fugitivo. O grego olhou para trás e, vendo a grande massa que vinha em seu alcance, sentiu o ânimo vacilar. Então apelou para Zeus, que era sua única salvação.

– Zeus olímpico, mande um deus piedoso salvar-me

desta terrível ameaça! Ou será mentiroso o vaticínio que diz que devo morrer junto às muralhas de Troia? O destino me reserva morte tão infame? Prefiro cair sob os golpes do valoroso Heitor! Um bravo morrer nas mãos de outro é um belo desfecho para uma vida de lutas! Mas perecer sob as águas do vingativo Xanto, sem poder sequer empunhar minha lança? Não aceito essa desonrosa fortuna!

Poseidon e Palas Atena logo vieram em seu auxílio. Aumentando-lhe as forças e contendo as águas do irritado rio, conseguiram fazer com que alcançasse um terreno firme. A fúria do Xanto só se aplacou quando Hefesto fez secar suas águas e ateou fogo a tudo que pudesse ser consumido pelas chamas.

Desse modo, Aquiles pôde chegar ao acampamento sem ferimento algum.

Os deuses combatem mais uma vez

O fato de o rio Xanto ter sido apaziguado descontentou os deuses que tomavam o partido de Troia. Logo a disputa entre os dois lados se reacendeu. Zeus, a majestade suprema, observava, do alto do Olimpo, seus vassalos divinos empenhados na estranha contenda. Embora estes só se valessem de palavras e pequenas tentativas de traição, o deus dos deuses estava atento, pois sabia da mesquinhez e falsidade de que eram capazes.

Ares atacou Palas Atena com pesadas injúrias:

– Você é uma mulher intrigante e maldosa. Por que instiga os humanos a se destruírem? Já levou Diomedes a me ferir, e estou farto de suas traições. – Dizendo isso, atirou-lhe a lança, que escorregou pelo escudo da deusa. Ela, por sua vez, jogou uma pedra, que alcançou o elmo do deus da guerra, derrubando-o.

– Isso é para você aprender que não pode comigo, pois sou muito mais forte! E por desobedecer Hera, lutando ao lado dos troianos.

Ares achou melhor afastar-se. Apoiando-se em Afrodite e gemendo muito, foi em direção ao Olimpo.

Palas Atena exultou com a fácil vitória:

– Vejam como foge o protetor dos troianos! Não passa de um grande frouxo! Se fosse um pouco mais arrojado, Troia estaria a salvo.

Hera, que assistia à briga, sorriu satisfeita. Poseidon, que também participava das disputas, gritou para Apolo:

– Não quero voltar para o Olimpo sem combater uma única vez! Não fica bem para deuses poderosos como nós. Por que ajuda os troianos em vez de estar do nosso lado?

O arqueiro celestial respondeu-lhe:

– Não sou tão insensato a ponto de lutar com você por causa dos desprezíveis mortais! Nós, os deuses, devemos ficar acima dessas contendas.

Apolo afastou-se, pois não queria discutir com o velho Poseidon, seu tio paterno. Ártemis, sua irmã, deusa dos bosques e da caça, ironizou:

– Longe de Poseidon, você diz que pode abatê-lo facilmente. Mas diante dele se acovarda. De que lhe vale esse belo arco? Na minha opinião, você não passa de um fanfarrão.

Apolo saiu de perto sem responder. Não tinha vontade de enfrentar mais uma discussão. Hera, porém, ouvira tudo e repreendeu asperamente a bela Ártemis:

– Você fala como se fosse a rainha da coragem, mas

quando enfrenta os mortais, atira suas flechas escondida atrás das árvores. É melhor que fique no meio da floresta, com os bichos selvagens, e deixe de se meter onde não foi chamada!

Humilhada, Ártemis correu para os braços de Zeus, seu pai.

– O que aconteceu, minha filha? Quem a maltratou?

Ártemis choramingou:

– Foi Hera, sua esposa. É ela que semeia todas as intrigas que varrem o Olimpo e causa brigas e discórdia entre os deuses.

Zeus não levou a sério as palavras da filha. Tratou de fazer-lhe algumas carícias e mandou que se recolhesse em seus aposentos.

Enquanto isso, os deuses que ainda estavam na terra abandonaram o campo de batalha e partiram para o Olimpo. Somente Apolo ficou para trás, preocupado com os helenos. Temia que, antes do fim da tarde, conseguissem assaltar as muralhas e penetrar na cidade de Troia.

Aquiles, como um louco, continuava avançando e matando todos os que estivessem ao alcance de sua espada. Príamo, o velho rei, de pé sobre uma das muralhas, contemplava, apavorado, a fúria incontrolável daquele prodigioso guerreiro que nada era capaz de deter. A fim de salvar os poucos defensores das barreiras que ainda resistiam, o monarca troiano mandou que os portões fossem abertos. Todos os que puderam correram para a proteção da cidadela, enquanto os gregos, com o filho de Peleu no comando, estavam prestes a romper o cerco.

Agenor, o nobre troiano, postou-se diante do portão e, de lança em punho, esperou Aquiles, permitindo com isso que os últimos homens pudessem correr para dentro das muralhas.

O troiano certamente seria abatido pela fúria do guerreiro heleno, não fosse Apolo tê-lo ocultado sob uma densa nuvem de fumaça, que fez descer do céu, dando tempo para que se salvasse.

Diante dos portões, Aquiles esbravejava, provocando os troianos a lutar, mas ninguém se atreveu a aceitar o desafio.

A morte de Heitor

Os troianos descansavam da terrível batalha. Os feridos procuravam os curandeiros para tratar-se, enquanto os que ainda estavam inteiros se reagrupavam para consertar armas, carros e armaduras. Foi quando deram pela falta de Heitor, seu comandante maior. Realmente, o grande líder da cidade sitiada não suportou a desonra de ver seus homens fugirem como coelhos assustados. Envergando sua couraça, armou-se da melhor lança e da mais afiada espada e transpôs os portões para bater-se contra Aquiles.

O velho Príamo, ao ver seu filho andando pelo campo na direção do inimigo, fez-lhe um comovente apelo:
– Volte, meu filho. Não pode lutar sozinho contra o invencível Aquiles. Não esqueça também que você é a derradeira esperança de nossa cidade. Volte para dentro das muralhas, que aqui haveremos de resistir até que o bravo guerreiro grego desista de derrotar a gloriosa Troia.

Príamo chorava, rogando, mas nada conseguiu demover os propósitos de Heitor.

"Infeliz de mim se me acovardar e esconder-me atrás da proteção das muralhas. Se não for morto por Aquiles, morrerei de vergonha ao encarar meus companheiros de armas e as mães daqueles que caíram defendendo a cidade. Não, mil vezes a morte à desonra!"

Assim pensando, o herói troiano esperou que Aquiles viesse ao seu encontro. O feroz guerreiro grego já avistara o outro no campo de luta. Aproximou-se velozmente, pois o ódio ainda não se aplacara em seu coração, apesar dos muitos inimigos que abatera. Heitor era sua presa máxima, e ele queria definir o que os oráculos anunciavam havia tanto tempo.

A cara horrivelmente contorcida de Aquiles aterrorizou o infeliz comandante troiano, que, sem conseguir controlar os nervos, começou a fugir em disparada. O grego perseguiu-o, e ambos deram várias voltas pelo campo de batalha, sem diminuir a carreira.

Do alto do Olimpo, os deuses assistiam àquele estranho procedimento, até que Zeus tomou a palavra:

— A situação de Heitor me causa pena. Ele é um excelente homem, que sempre me honrou com suas preces e oferendas. Acho que devemos salvá-lo.

Palas Atena não gostou do que ouviu:

— Não entendo o que diz, meu pai. Pretende salvar um homem que tem sua sorte escrita há tanto tempo e que deve perecer sob as armas de Aquiles?

— É certo o que você diz, minha filha. Por um momento, compadeci-me do nobre Heitor, mas não devemos interferir no destino. Proceda como quiser.

Era o que a cruel deusa queria ouvir. Imediatamente, ela desceu para o campo de batalha, onde os dois homens ainda corriam, e disse a Aquiles:

— Descanse, meu bravo. Enquanto isso, vou até Heitor, para induzi-lo a combater. Só assim terá uma gloriosa vitória sobre o troiano.

Aquiles parou e escorou-se na haste da lança, enquanto esperava que Palas Atena fosse até o adversário. A deusa, tomando a forma de Deífobo, herói troiano, acercou-se de Heitor e disse-lhe:

— Meu caro, esta corrida não o levará a nada. Logo mais, Aquiles o alcançará, e você estará sem forças para enfrentá-lo. Vim ajudá-lo. Juntos venceremos esse terrível matador.

Heitor sentiu renascer a coragem e agradeceu ao companheiro, sem saber que se tratava da traiçoeira deusa. Voltando-se para Aquiles, o troiano falou:

— Filho de Peleu, não fugirei mais ao combate. Vamos nos enfrentar aqui mesmo, e que vença o melhor. Mas antes quero fazer um acordo: o vencedor terá direito aos despojos do vencido. A armadura, a lança e a espada serão de propriedade de quem ganhar. No entanto, o vitorioso deve devolver o corpo do adversário, para que seja sepultado por seu povo. Prometo que cumprirei o trato e espero que faça o mesmo.

Aquiles, porém, riu descaradamente:

– Não aceito nenhuma proposta sua. Sabe que sairei vencedor e hei de saciar meu ódio sobre seu cadáver.

Aquiles atirou a lança, mas não acertou o alvo. Heitor então lançou a sua, que foi cravar-se no escudo do grego, porém não o perfurou, pois tratava-se de uma proteção feita por Hefesto, o deus ferreiro. Sem se voltar, pediu nova lança para Deífobo e, surpreso, viu apenas a figura de Palas Atena, que correu para levar a lança a Aquiles. Só então o troiano compreendeu que havia sido enganado e que seu fim estava próximo. Procurando afastar o temor que sentia, empunhou a espada e avançou para Aquiles.

Os escudos se entrechocaram, e as espadas fizeram sulcos nos elmos de cada um. A pesada armadura de Heitor só tinha um ponto vulnerável, que ficava na altura do pescoço. Foi ali que Aquiles o feriu. O troiano caiu e, ainda com vida, suplicou:

– Aquiles, não lhe pedi para poupar-me a vida, mas imploro-lhe que entregue meu corpo aos meus pais. Eles lhe serão gratos e lhe oferecerão valiosos presentes.

Aquiles escarneceu do moribundo:

– Príamo não receberá seu corpo, nem que me pague o seu peso em ouro. Você não terá nenhuma das honrarias destinadas aos heróis. Será pisoteado por todos os meus guerreiros.

Heitor, já quase desfalecido, murmurou:

– Meu único consolo é que logo você me seguirá na morte. Nossa sorte é inseparável.

Foram as últimas palavras do herói troiano, que, como estava escrito, deveria morrer sob a espada do invencível Aquiles.

O grego despojou o cadáver da ensanguentada armadura e apossou-se das armas do vencido. Seus companheiros começaram a chegar de todos os lados, curiosos para ver de perto o defensor de Troia, agora indefeso sobre o solo.

Não satisfeito com a vitória, Aquiles amarrou os tornozelos de Heitor com o cinturão que este recebera de Ajax, prendendo-o na traseira de seu carro de combate. Depois, fustigando os cavalos, saiu em disparada diante das muralhas, arrastando o corpo pela poeira do campo de batalha.

Esse foi o trágico fim de Heitor, cantado herói de Troia, a cidade-fortaleza.

Troia, uma cidade desesperada

Hécuba, a mãe de Heitor, chegou até as muralhas e, antes que pudesse ser impedida, olhou para o campo de batalha onde o corpo de seu filho era arrastado pelo louco Aquiles. A infeliz mulher soltou um grito de desespero e caiu desmaiada nos braços de Príamo, seu marido. Ele, também desesperado, chorava, sem nada poder fazer para resgatar o corpo do filho das garras do atroz inimigo.

Todos se debruçavam sobre os altos muros, assistindo àquele espetáculo de crueldade e desrespeito para com os inimigos abatidos. A consternação era geral. Os homens se ofereciam para sair pelos portões e tentar resgatar Heitor, contudo os mais velhos e mais prudentes impediam uma ação que só causaria mais desgraças.

A mulher de Heitor, a bela Andrômaca, continuava no palácio, ao lado de seu filho pequeno, ignorando os últimos fatos. Junto com as criadas, preparou o banho do marido e roupas limpas e perfumadas.

– Quando ele volta do combate, vem sujo de lama e sangue, e precisa de um reconfortante banho, além de roupas limpas e macias – dizia ela, enquanto orientava as servas para que deixassem tudo o mais agradável possível.

De repente, ouviu um alto clamor vindo da torre de observação próxima ao palácio. Eram gritos de raiva e dor. Um funesto pressentimento atravessou-lhe o coração. Nenhum lamento seria tão grande para um guerreiro qualquer que morresse em combate.

Louca de aflição, ela correu na direção das muralhas, onde sabia estar Príamo, seu sogro. A grande desgraça, estampada nos rostos de todos, não lhe deixou mais dúvidas: seu marido havia caído em combate.

Com as pernas trêmulas, aproximou-se das muralhas e olhou para o campo onde o carro de Aquiles corria em louca disparada. Na traseira, o corpo de Heitor, coberto de lama e sangue, era jogado de um lado para outro, como se fosse um boneco.

Com gritos lastimosos de cortar o coração do mais rude guerreiro, Andrômaca pedia misericórdia e piedade para um morto que não mais poderia causar mal algum ao inimigo. Todos se comoveram com as súplicas da pobre mulher, menos Aquiles, que continuava a correr como um possesso, arrastando sua carga macabra.

A noite benfazeja veio ocultar o triste espetáculo dos olhos dos infelizes troianos e arrefecer o ânimo destruidor de Aquiles, que, cansado, resolveu parar com o desvairado galopar, recolhendo-se em sua tenda de campanha.

O corpo de Heitor, por ordem de Aquiles, ficou exposto ao sereno e aos olhos curiosos dos gregos.

O resgate

Aquiles revolvia-se no leito sem poder conciliar o sono, enquanto o resto do acampamento grego dormia. Pensava em Pátroclo, seu fiel amigo morto em combate. Percebia claramente que a vitória sobre Heitor não lhe havia trazido nenhuma alegria, e sim aumentado o rancor que devorava seu coração. Sabia agora que as previsões sobre seu futuro estavam certas e ele tinha pouco tempo para permanecer na terra dos homens.

Antes do alvorecer, incapaz de continuar no leito, saiu da barraca, atrelou seus cavalos à biga onde estava amarrado o corpo de Heitor e disparou pelo campo. Depois de dar uma volta completa em torno das muralhas troianas, amarrou os animais junto ao túmulo de Pátroclo e deixou o pobre troiano estirado no solo. Depois recolheu-se para sua tenda e finalmente pegou no sono. Apolo, condoído, cobriu o morto com seu manto de ouro, para que se conservasse sem sofrer a ação do tempo. Durante doze dias, Aquiles fez a mesma coisa, e Apolo também repetiu o gesto de proteger o falecido com seu cobertor divino.

Zeus, porém, estava furioso com a profanação praticada por Aquiles e convocou uma assembleia, à qual todos os deuses deveriam comparecer, sob pena de severos castigos. Entre os convocados estava a mãe de Aquiles, que já chorava a sorte do filho, pois ele estava prestes a cumprir seu trágico destino. Somente Hera, Palas Atena e Poseidon não compartilhavam da opinião do deus supremo, mas foi à deusa das águas que ele se dirigiu com rispidez:

– Sei que você tem motivos para estar triste, minha cara Tétis, mas não posso suportar o desrespeito de seu filho para com Heitor, o bravo troiano morto. Ainda não lhe tirei o corpo para entregá-lo a seus pais porque não quero magoá-la, fazendo algo que possa descontentar Aquiles. Porém, esse ódio já passou dos limites. Quero que vá até ele e convença-o a entregar o corpo do falecido para que receba justa homenagem de seu povo e um respeitável túmulo. Príamo deverá apresentar-se diante de Aquiles com ricos presentes para pagar o resgate. Faça com que ele o aceite.

Tétis, que, como mãe, também se condoía com o sofrimento dos parentes do morto, tratou de cumprir a missão.

Aquiles escutou a ordem do todo-poderoso do Olimpo e concordou:

– Está bem, minha mãe. Já que a ordem veio de Zeus, vou cumpri-la. Príamo será atendido em sua súplica.

Enquanto isso, Íris, a mensageira divina, voava para a cidade de Troia e transmitia o desejo celestial para o sofrido rei.

Príamo, imediatamente, começou a tirar das arcas os mais valiosos presentes para trocar pelo corpo de seu filho.

Logo, uma carroça puxada por quatro fortes cavalos foi carregada até as bordas com a magnífica riqueza. Tocando os animais lentamente, o ancião dirigiu-se para os portões da cidade, seguido por sua mulher Hécuba, a viúva Andrômaca e vários filhos, que choravam rogando ao rei que desistisse de ir ao encontro do louco Aquiles, pois seria morto por ele. Mas Príamo seguiu em frente e logo divisou as fogueiras do acampamento grego iluminando a noite.

Diante do filho de Peleu, o destemido rei caiu de joelhos e falou:

– Poderoso Aquiles, seu pai é tão velho quanto eu e pode também ser alcançado pela desgraça. Tive muitos filhos, mas aquele que era meu maior orgulho caiu sob seus golpes. Não o maldigo, pois são coisas da guerra. Porém, permita-me levar Heitor e sepultá-lo como merece um grande guerreiro.

O guerreiro grego, pela primeira vez, sentiu desaparecer o ódio que o consumia. Deu um passo à frente e fez o velho levantar-se:

– Pobre homem, como deve ter sofrido! Teve a coragem de vir sozinho ao meu encontro, e isso é o bastante para honrá-lo. Permito que leve o corpo de seu filho, mas antes farei com que ele seja lavado e coberto com finas roupas, como bem merece um herói.

Quando o corpo de Heitor foi colocado sobre o carro, o velho conduziu os cavalos na direção da cidade sitiada.

Ao atravessar as muralhas, uma multidão o esperava com archotes para iluminar o caminho. Príamo, ereto sobre o carro, gritou:

– Que os lamentos sejam interrompidos por enquanto. Temos de preparar a fogueira e as cerimônias fúnebres. Aquiles nos concede doze dias de trégua para que possamos homenagear condignamente nosso mais querido filho.

E, quando tudo estava pronto, foram celebrados em Troia os funerais de seu mais ilustre e querido filho.

A morte de Aquiles

Apesar de Heitor ter sido morto, a resistência troiana continuava. Várias vezes os gregos, com Aquiles na liderança, estiveram junto das muralhas, e por pouco não conseguiram tomá-las. Os desesperados guerreiros de Troia sabiam que, se o inimigo pudesse entrar na cidade, tudo estaria perdido. Por isso, lutavam como leões encurralados, causando grandes baixas entre os atacantes.

O filho de Tétis era incansável. Corria de um lado para o outro nas filas mais avançadas e estimulava os homens à luta. Seu exemplo animava até os mais fracos, e todos queriam demonstrar bravura junto do grande chefe.

Do lado troiano, somente o velho rei Príamo, envergando sua pesada armadura, comandava os cansados e feridos soldados. Mas o arrojo do monarca incutia coragem e vontade de lutar aos defensores da cidade.

Páris, o causador dessa infindável e sangrenta guerra, jamais se arriscava a combater nas primeiras fileiras. Escondendo-se por entre os carros ou montículos de terra, observava algum possível alvo distraído. Quando tinha certeza de poder acertar, lançava uma flecha com seu arco e se escondia outra vez. Foi assim, oculto por uma árvore, que o medroso príncipe troiano viu Aquiles aproximar-se. O feroz guerreiro grego andava de um lado para o outro, em busca de presas para sua espada sedenta de sangue.

Sem se mostrar, Páris atirou uma flecha, que foi cravar-se em um dos calcanhares de Aquiles, único ponto vulnerável de seu corpo.

Para explicar essa vulnerabilidade, é preciso voltar um pouco no tempo. Quando Aquiles nasceu, os deuses profetizaram que ele seria o maior de todos os guerreiros. Contudo, para que a profecia se cumprisse, sua mãe deveria mergulhá-lo de cabeça para baixo no rio Estige. Foi o que Tétis fez, mas, ao segurá-lo por um dos calcanhares, este não foi molhado pelas águas e ficou desprotegido.

No momento em que Páris disparou a flecha, Aquiles usava a armadura e o elmo indestrutíveis, fabricados pelo deus Hefesto. Mas a seta atingiu justamente seu calcanhar desprotegido, causando-lhe a morte. Apolo, o arqueiro divino, havia cuidado para que o covarde Páris não errasse o alvo.

Cumpria-se mais uma profecia: Aquiles seria morto logo depois que Heitor também caísse. O irônico é que o maior de todos os guerreiros gregos foi vencido pelo mais covarde e pusilânime príncipe troiano.

Entretanto, Páris não pôde vangloriar-se do feito, pois foi morto no mesmo dia pelo rei Filoctetes, um dos mais ilustres guerreiros gregos do cerco a Troia. O monarca havia herdado o arco e as flechas de Hércules, e com elas acertou o príncipe troiano. Este último, cambaleando, foi morrer nos braços de Helena. Mesmo assim, Menelau não teve sua esposa de volta, razão pela qual a guerra prosseguiu.

Ajax e Ulisses carregaram o corpo de Aquiles até os navios de sua esquadra, onde foi posto num ataúde para que seus homens o velassem.

Do fundo do mar, veio sua mãe Tétis, e, logo depois, todos os reis e príncipes gregos e mirmidões estavam junto do herói morto para prestar-lhe as últimas homenagens.

Os deuses e deusas também compareceram ao velório. Uns, por curiosidade; outros, por amar Aquiles.

A armadura de Aquiles foi disputada por Ulisses e Ajax. O rei de Ítaca foi o premiado. Ajax, inconformado, utilizou a espada presenteada por Heitor para tirar a própria vida, cumprindo também seu trágico destino.

Os helenos, privados de seu chefe Aquiles, começaram a murmurar que era hora de abandonar aquela guerra sem sentido e voltar para casa. Ulisses, o astuto guerreiro, fez correr uma notícia de que tinha uma arma secreta para derrotar os troianos definitivamente. Ninguém ficou sabendo se era um estratagema de Ulisses para fazer com que seus homens continuassem unidos, mas, nos dias seguintes, todos aguardaram que a guerra fosse vencida graças a essa nova arma secreta.

O cavalo de Troia

Aproveitando a trégua propiciada pelos gregos para a realização dos funerais de Aquiles, os troianos organizaram melhor suas defesas, prepararam mais armas e consertaram as falhas nas muralhas abertas pelos constantes ataques helenos.

Toda a cidade estava cansada e sem esperanças. As mulheres choravam seus mortos, e os homens buscavam soluções para um impasse que parecia eternizar-se.

Entre os gregos, as desavenças aumentavam cada vez mais. O ciúme e a inveja grassavam entre os chefes, cada qual querendo mais honrarias e atenções de Agamenon. Este parecia apático, desinteressado dos rumos da guerra.

Finalmente, Ulisses pôs em prática sua ideia. Reconhecendo que seus homens jamais conseguiriam tomar a cidade-fortaleza pela força, engendrou um plano que poderia dar certo.

Durante algumas noites, e longe dos olhos dos troianos, mandou construir, sobre um grande carro, um gigantesco cavalo de madeira com o interior oco. Depois de pronta, fez com que essa estranha estrutura fosse arrastada até os portões de Troia numa noite sem luar. Antes, porém, cinquenta guerreiros dos melhores e mais bem armados haviam sido escondidos no bojo do cavalo.

Em seguida, pediu a Agamenon que ordenasse a todas as tropas sitiantes que se retirassem para longe das vistas dos troianos. Assim foi feito, e logo os navios singraram o mar, como se partissem para os lugares de origem, mas ocultando-se por trás de uma ilha não muito distante.

Ao amanhecer, os troianos toparam com aquela figura descomunal diante das muralhas. Ficaram muito espantados e não sabiam explicar esse aparecimento. Exceto pelo cavalo, as praias estavam desertas.

– É oferta dos deuses – disseram os crédulos.

– Certamente é uma armadilha – afirmaram os mais prudentes. – Vamos destruir esse estranho monumento.

O rei Príamo, que estava com o espírito e a coragem enfraquecidos, acreditou tratar-se mesmo de uma oferenda dos deuses.

– Este é um sinal dos deuses! Talvez queiram demonstrar que nos concedem a paz. Vejam que os gregos se foram, e as praias e o mar estão desertos. Vamos trazer essa dádiva para nossa cidade.

E, recusando ouvir os protestos e as recomendações de prudência, fez com que o cavalo fosse arrastado até o centro da praça, diante do palácio real.

Os troianos enfeitaram o enorme presente com flores e finos lenços coloridos. Depois dançaram e cantaram em homenagem aos deuses, que tinham sido tão bondosos com Troia.

Quando anoiteceu, Agamenon mandou que a frota grega voltasse silenciosamente para as praias. Foi então que, do interior da imensa estrutura, os cinquenta guerreiros saltaram silenciosamente e foram abrir os grandes portões que protegiam a cidade.

Os troianos, que pela primeira vez dormiam tranquilamente depois de tanto tempo, foram surpreendidos com o exército inimigo dentro da cidade.

O rei Príamo foi morto nos degraus do palácio, antes mesmo de envergar sua armadura e empunhar as armas. Os

demais príncipes e nobres foram sendo abatidos à medida que eram encontrados pelos gregos.

No final da tarde, depois de um dia de sangrentos combates, não restavam mais homens que pudessem resistir.

Troia, a cidade-fortaleza, depois de dez anos de resistência e milhares de mortos, caía nas mãos do inimigo devido à imprudência e ingenuidade de um rei já senil.

As mulheres foram partilhadas entre os vencedores, junto com as riquezas tomadas dos vencidos.

Helena, a mais bela entre todas, foi arrastada de sua casa por seu marido Menelau. Depois de um acesso de fúria, em que recriminou e ameaçou a esposa, foi vencido por sua beleza. Incapaz de aplicar-lhe a pena de morte, que era o castigo para as adúlteras, perdoou-a. Afinal, ela era ainda a mulher mais linda do mundo.

O casal regressou para Esparta, onde, pelo que conta a lenda, foi feliz por muitos anos.

E assim terminou a longa guerra entre gregos e troianos. Guerra provocada pela traição de uma linda mulher, que, ao final, voltou aos braços do marido, depois de dez anos vivendo um agradável desterro na agora destruída Troia.

QUEM É JOSÉ ANGELI?

José Angeli Sobrinho nasceu numa pequena cidade do Rio Grande do Sul. Até os quinze anos conviveu com a grande biblioteca da família, onde leu tudo o que encontrou pela frente. Os clássicos da literatura foram seus amigos de infância. Depois disso, lançou-se à aventura. Foi radialista, fotógrafo, agrimensor e redator de publicidade.

Como agrimensor, acompanhou o grande fluxo de migração dos gaúchos para as férteis terras do sudoeste e oeste paranaense, onde conheceu colonos desbravadores, jagunços, contrabandistas, grileiros e posseiros. Com base nessa experiência, escreveu seu primeiro romance, *A cidade de Alfredo Souza*, que trata justamente da colonização do Paraná em suas fronteiras com a Argentina e o Paraguai.

Já radicado definitivamente em Curitiba, continuou suas atividades de escritor e passou também a adaptar clássicos estrangeiros para o português.

Para a Editora Scipione, adaptou as obras *Dom Quixote*, de Cervantes (do castelhano), *Os miseráveis*, de Victor Hugo, *Os três mosqueteiros* e *O conde de Monte Cristo*, ambas de Alexandre Dumas (do francês).